Das Buch

»Unsere Erde ist mit Papstküssen gepflastert«, berichtet Herbert Rosendorfer. »Der Papst ist selber schon ganz schwindlig von seinen vielen Reisen. Er weiß oft nicht mehr, wo er ist. Als er die Bundesrepublik das zweite Mal besuchte, sagte er aber sofort nach dem Rollbahnkuß: ›In Germania Occidentale sumus.‹ Die Cardinäle staunten. Woher wußte Seine Heiligkeit das so sicher? ›Ich habe mich an den Geschmack erinnert‹, sagte der Papst milde lächelnd.« Das Dichten im Computerzeitalter, die Freßgewohnheiten asiatischer Krokodile, die soziale Lage der Vampire und ein blinder Passagier, der sein Schiff nie verläßt, sind nur einige der Probleme, mit denen Herbert Rosendorfer sich in diesen 22 Erzählungen und Glossen mal auf witzige, mal auf ernste Weise herumschlägt.

Der Autor

Herbert Rosendorfer wurde am 19. Februar 1934 in Bozen geboren und studierte zunächst an der Akademie der Bildenden Künste in München und später Jura. Er lebt als Richter in München. Werke u.a.: ›Der Ruinenbaumeister‹ (1969), ›Deutsche Suite‹ (1972), ›Stephanie und das vorige Leben‹ (1977), ›Das Messingherz‹ (1979), ›Briefe in die chinesische Vergangenheit‹ (1983), ›Vier Jahreszeiten im Yrwental‹ (1986), ›Die Nacht der Amazonen‹ (1989), ›Die Goldenen Heiligen oder Columbus entdeckt Europa‹ (1992), Romane; ›Mitteilungen aus dem poetischen Chaos‹ (1991), Erzählungen.

Herbert Rosendorfer:
Über das Küssen der Erde

Deutscher
Taschenbuch
Verlag

dtv

Von Herbert Rosendorfer
sind im Deutschen Taschenbuch Verlag erschienen:
Das Zwergenschloß (10310)
Vorstadt-Miniaturen (10354)
Briefe in die chinesische Vergangenheit (10541;
auch als dtv großdruck 25044)
Stephanie und das vorige Leben (10895)
Königlich bayerisches Sportbrevier (10954)
Die Frau seines Lebens (10987; auch als
dtv großdruck 25068)
Ball bei Thod (11077)
Vier Jahreszeiten im Yrwental (11145)
Eichkatzelried (11247)
Das Messingherz (11292)
Bayreuth für Anfänger (11386)
Der Ruinenbaumeister (11391)
Der Prinz von Homburg (11448)
Ballmanns Leiden (11486)
Die Nacht der Amazonen (11544)
Herkulesbad/Skaumo (11616)

Ungekürzte Ausgabe
September 1992
2. Auflage Januar 1993
Deutscher Taschenbuch Verlag GmbH & Co. KG,
München
 · ISBN 3-485-00545-2
Umschlagtypographie: Celestino Piatti
Umschlagbild: Felix Weinold
Gesamtherstellung: C. H. Beck'sche Buchdruckerei,
Nördlingen
Printed in Germany · ISBN 3-423-11649-8

Inhalt

Meinem alten Freund
Kurt Gersdorf gewidmet

Das Gespenst der Krokodile

Die einen sagen, er sei ein Australier, den es irgendwie vor fünfundzwanzig Jahren nach Bundala verschlagen habe; die anderen sagen, er sei ein irisch-singhalesischer Mischling, ein Überrest der Kolonialzeit. Seine Frau, eine Europäerin, trug meistens den Sari, ihn selber sah man nie in einem Sarong. Er ging immer in einem fein gebügelten Khakianzug mit kurzen Hosen und kurzen Ärmeln und unzähligen Taschen an überraschendsten Stellen. Einen Bart hatte er wie König Edward VII. – aber der Bart war nicht rot oder blond wie bei Briten oder Iren, sondern schwarz. Wie er mit Vornamen hieß – Andrew – wußte jeder. Den Nachnamen kannte fast niemand: Kennway. Er selber lachte, wenn man ihn nach seiner Herkunft fragte: von da und dort, sagte er, von oben und unten. Wenn er lachte, glaubte man an einen Mischling: er hatte singhalesische Zähne, gelb und braun und unregelmäßig wie ein Gartenzaun, über den eine Gruppe von Büffeln drübergesprungen ist.

Andrew war Wildhüter in Bundala. Davon kann man aber nicht leben, denn die große versteppte Lagunenlandschaft, die sich im Südosten von Ceylon am Meer entlang hinzieht, ist kein offizieller, staatlicher Nationalpark, wie der Yala-Park, und Andrew war kein Regierungsangestellter, obwohl der ganze Landstrich dort unten dem Staat gehört. Aber der Staat kümmert sich nicht darum, und so betreibt Andrew das Wildhüten auf eigene Rechnung. Mit zwei Jeeps, von denen der eine – sagt Andrew – aus dem Krimkrieg stammt, der andere, relativ bessere, aus den letzten Regierungsjahren der Queen Victoria, karrt er Touristen durch die Steppe und den Busch und nennt das *Safari*. Das steht auch in reichlich verwaschener Schrift seitlich auf den Türen: Andrew's Safaris, Sanasuma. Die Touristen zahlen, natürlich.

Früher haben die Touristen auch in Andrews Haus gewohnt. Da war Andrews Haus der einzige große Bau – zum Teil aus Ziegeln – in ungefähr dreißig Meilen Umkreis gewesen. Die Singhalesen in den Dörfern und die Reisbauern leben nur in Lehmhütten. Das war, sagte Andrew, noch wirklich »Safari-Style«: ohne Klimaanlage und mit Skorpionen im Bett. Jetzt, vor einigen Jahren, haben sie das Sanasuma-Hotel gebaut. Da wohnen die Touristen lieber. Andrew ist nicht böse, denn was ihm an Geld für die Übernachtung entgeht, kommt doppelt oder sogar dreifach dadurch wieder herein, daß jetzt, seit das Hotel steht, viel mehr Fremde kommen, und alle fahren natürlich mit Andrew auf Safari. »Andrew's Safaris, Sanasuma«, und auf der Schrift hockt ein gemalter Vogel, denn Andrew ist eigentlich Ornithologe und kennt dreißig Papageienarten und sechzig Reiherarten auf die Entfernung von ein und einer halben Meile auseinander. Da in letzter Zeit viele deutsche Touristen kommen, hat er sogar gelernt, daß der *Kingfisher* auf deutsch *Eisvogel* und der *Tulliebird* auf deutsch *Gelb-Kragen-Sittich* heißt. Aber dafür interessieren sich die meisten Touristen eher wenig. Sie schauen zwar hin, wenn Andrew mit seinen großen Händen, denen man die Behutsamkeit gar nicht zutrauen würde, einen jungen Gelb-Kragen-Sittich aus dem Nest hebt und vorzeigt. »Macht das den Vögeln nichts, wenn sie aus dem Nest genommen werden?« »Nicht, wenn man es richtig macht«, sagte Andrew. Andrew machte es richtig. Er setzte den Vogel zurück ins Nest. Gelb-Kragen-Sittiche sind Bodenbrüter. Ihr Nest sieht aus wie ein Haufen vertrocknetes Gras neben einem Stein.

Da schauen die Touristen natürlich schon respektvoll hin, und der eine oder andere sogar interessiert, aber hauptsächlich wollen sie die Elefanten sehen, die wilden Elefanten. Deswegen sind sie ja nach Ceylon gekommen.

Wer nach Spanien kommt und erwartet, lauter Zigarettendreherinnen zu sehen, die Carmen heißen, wird so enttäuscht sein, wie der, der in London sofort nach Verlassen des Untergrundbahnhofes einen Lord mit Bowler oder in München im Hofbräuhaus einen Münchner zu sehen erwartet. Aber Elefanten in Ceylon gibt es, die sind kein touristischer Aberglauben, allerdings handelt es sich bei den meisten Elefanten um zahme Arbeitstiere, denen man die Stoßzähne abgesägt hat. Viele von den Arbeitselefanten arbeiten wirklich, schleppen Balken oder reißen Wurzelstöcke aus der Erde. Viele allerdings ernähren ihren Eigentümer dadurch, daß die Touristen sie gegen Geld photographieren dürfen. Kühnere Touristen sitzen sogar auf, das kostet etwas mehr. Der Tourist knipst die Touristin, dann die Touristin den Touristen. Der Elefant schaut unbeteiligt aus seinen kleinen Augen seitwärts am Photographen vorbei. Wenn Tourist *und* Touristin sich auf den Elefanten setzen wollen – meist hat sich die Touristin vorher einen Sari gekauft, in den sie ihre schwäbischen oder rheinischen Hüften wickelt –, dann photographiert der Gehilfe des Elefantenführers. Das kostet noch mehr. Der Elefantenführer selber darf die Kette, an die der Elefant gebunden ist, nicht loslassen, sonst setzt sich das Tier in Bewegung und entschwindet mit den auf ihm sitzenden Touristen in Richtung auf das nächste Wasser zu. Elefanten baden gern. Ein ausgewachsener Elefant verbringt seine zwei Stunden täglich im Wasser, wenn man ihn läßt auch vier. Was passiert, wenn sich der Elefant mit Tourist und Touristin am Rücken im braunen Fluß wälzt, kann man sich leicht ausmalen. Andrew kann Geschichten davon erzählen. Einmal sind zwei junge deutsche Rucksacktouristinnen aus Bielefeld, mit denen ein Elefant, dessen Führer nicht aufgepaßt hat, davon ist, wahnsinnig geworden. Die eine davon meint heute noch, sagt Andrew, daß sie ein Gelb-Kragen-Sittich sei und zwitschert. Ob es wahr ist? Andrew erzählt viel.

Wilde Elefanten gibt es viel seltener. Etwa dreißig, sagte Andrew, kenne er. Die Herde lebt im Busch in der Steppe von Bundala. Gleich beim Aufbruch sagte Andrew: eine Garantie übernehme er nicht. Für Affen und Krokodile schon, die sehe man immer, aber ob die Elefanten sich sehen lassen werden, sei ungewiß. Meistens eher nicht.

Je nach Jahreszeit fährt Andrew mit einem oder mit zwei Jeeps. Den ersten Jeep lenkt er selber, den zweiten sein singhalesischer Boy. Die Sonne hat den Zenit überschritten, sie brennt nicht mehr gar so stark. Die Touristen, die auf den harten Bänken der Pritsche hinten auf dem Jeep sitzen, entsichern ihre Kameras. Das erste Abenteuer ist aber technischer Natur. Der zweite Jeep bleibt plötzlich stehen und rührt sich nicht mehr. Der Motor orgelt. Der Boy, der den Jeep lenkt, winkt Andrew, der vorausgefahren ist. Andrew flucht, dreht um, fährt zum anderen Jeep zurück, probiert. Jetzt orgelt der Motor nicht einmal mehr.

Wenn man nicht jeden Tag einen Ölwechsel vornehme, sagte Andrew, dann könne man die Fahrzeuge überhaupt vergessen – bei diesem Klima. 95% Luftfeuchtigkeit. Einmal sei er eine Woche nicht da gewesen, habe nach Indien fliegen müssen. Seine Frau sei krank geworden, habe sich nicht kümmern können, der Boy habe die Jeeps hinter dem Haus unter einem Dach aus geflochtenen Palmenblättern stehenlassen, und wie er, Andrew, zurückgekommen sei – waren die Jeeps gestohlen! rief ein Safarigast aus. Andrew lachte: nein: je ein Baum sei hindurchgewachsen. So ist das Klima.

Andrew öffnete die Motorhaube, schaute nachdenklich hinein, fluchte und warf mit Schwung die Motorhaube wieder zu. Der Motor sprang an.

Der erste Elefant, den man sah, war tot. Die Knochen lagen herum, die aufgeplatzte Haut in großen Fetzen, alles längst abgefressen und vertrocknet. Am Weg lag der Schädel des Elefanten, schwer wie ein großer Stein. Er hatte einen Einschuß am Hirnknochen, das Blei der Kugel klebte noch daran.

»Nein, nein«, sagte Andrew, »so eine lächerliche Kugel

macht einem Elefanten nichts aus, jedenfalls keinem so großen. Ich habe den da gekannt, ein ganz alter Einzelgänger, ein abgedankter Herdenführer. Heuer im Frühjahr ist er eines natürlichen Todes gestorben. Voriges Jahr hat er noch vier Menschen umgebracht. Dort drüben im Dorf.«

Dort haben sie einen Brunnen. Die Regierung verteilt Betonringe, mit denen man die Quelle fassen kann. Der Elefant ist auch draufgekommen, daß sich das Wasser aus der gefaßten Quelle bequemer trinken läßt. Als vier Singhalesen den trinkenden Elefanten vertreiben wollten, hat er kurz viermal mit dem Rüssel zugeschlagen. »Aber das spielt in Ceylon keine größere Rolle. Jeden Tag verschwinden Leute. Ceylon hat die höchste Mordquote gleich hinter Detroit. Die Asiaten haben ein anderes Verhältnis zur Moral.«

Die Elefantenherde im Busch schrie, man hörte sie fern aber deutlich. Andrews Jeeps fuhren um ein großes Waldgebiet herum. Da drinnen hockten sie. Dreißig Stück, darunter einige Junge, das jüngste sechs Wochen alt. Der Busch ist hier zu dicht, als daß man mit dem Jeep hineinfahren könnte; vor allem: nicht mehr schnell genug heraus. Es ist nicht ratsam, einer Elefantenkuh zu nahe zu kommen, die ein sechs Wochen altes Junges hat.

Die Affen hockten auf den Bäumen oder hinter Büschen. Wenn die Jeeps zu nahe kamen, liefen sie in hellen Scharen mit hoch erhobenen Schwänzen davon. Nur hie und da ein alter, bärtiger Bursche, der wußte, daß die Touristen harmlos sind, blieb sitzen, rückte den Kopf auf die Schulter und glotzte. Die Touristen knipsten und filmten. Wer ist Affe und wer ist Tourist? Wenn man näher als zehn Schritte zu ihm hinging, verzog er sich doch.

Plötzlich großes Geschrei: ein Elefant. Nur einer, ein Einzelgänger. Andrew schrie etwas auf Singhalesisch zu seinem Boy auf dem anderen Jeep nach hinten. Die Jeeps bogen in etwas respektvollere Entfernung aus. Der Elefant – ein schwarzer Berg – äugte herüber. Die Kameras klickten und surrten. Der Elefant stapfte durch den Busch und zertrat armdicke Stämme wie Streichhölzer.

»Den Jeep«, sagte Andrew ruhig, »würde er mit dem Rüssel in die Luft werfen wie eine Blechschachtel. Aber der Benzingeruch stört ihn. Das ist unser Schutz.« Den Touristen wurde es mulmig, aber der Elefant verhielt sich friedlich. Nach ein paar Minuten ging er tiefer in den Busch hinein. Später sah man ihn noch einmal – schon weit weg – hinter einem Baum stehen. Auf seiner Spur: frische Losung, doppelt armdicke Würste aus feuchtem, gepreßtem Stroh, fast schön in ihrer goldgelben Farbe.

Das Busch- und Steppengebiet von Bundala ist von Lagunen durchzogen. Je nach Jahreszeit – Monsun- oder Regenzeit – reichen die Wasserflächen mehr oder weniger an den Busch heran. Manchmal, wenn die Flut sehr hoch ist, schwappt das Meer bis in die Lagunen, dann werden manche Teile des Busches Inseln oder Halbinseln, dann wird die Lagune mit Salzwasser vermischt. Normalerweise bestehen sie aus Süßwasser. Weit zieht sich auch der Sumpf, weite Strecken zwischen den Wasserarmen und dem Busch sind nur knietief, und dort wächst der Lotus. Ein Paradies für Wasser- und Sumpfvögel, ein Paradies auch für Krokodile.

»Der knorrige Baumstamm«, sagte Andrew, »den Sie dort liegen sehen: das ist eins. Ein Krokodil.« Es gibt zwei Arten: die dunkleren, fast schwarzen Sumpfkrokodile und die helleren, bräunlich-grünlichen Flußkrokodile. So wenig Elefanten sich zeigten, so viele Krokodile gab es zu sehen.

In einem Zeitalter wie dem unseren, in dem einem alles Sehenswerte, was es auf der Welt gibt, durch das, was man die Medien nennt, nahe gebracht wird, ist die ständige Hauptstimmung eines Reisenden die Enttäuschung. Eine Fernsehkamera und das Team, das sie bedient, sehen die Pietà von Michelangelo in der Peterskirche aus allen möglichen interessanten Blickwinkeln, bei raffinierter

Beleuchtung und – vor allem – ohne rempelnde andere Gaffer. Genüßlich erwächst durch Nah- und Ferneinstellung aus dem Detail das Ganze, untermalt von passenden Monteverdiklängen, eine sanfte Stimme deklamiert Verse des große Buonarroti im herben Renaissance-Italienisch und dann in der Übersetzung Rilkes – die Seele ist erhoben. Wenn man vor dem Original steht, stellt man fest, daß es sich sechs Meter weit weg im Halbdunkel hinter einer spiegelnden Panzerglasplatte befindet, vierhundert Japaner photographieren und eine polnische, eine portugiesische und eine Nonne, deren Sprache man nicht orten kann (Finnisch? gibt es in Finnland überhaupt Nonnen?) lesen ihrer Gruppe simultan aus dem Reisehandbuch vor. Nur mühsam und unter Aufbietung aller Kräfte – wenn überhaupt – kann die Seele jene Erhebung finden. In der Alhambra von Granada ist es nicht anders, und der Niagarafall ist auch nicht so hoch und nicht so laut wie im Fernsehen, der Eiffelturm ist verrostet, das Abendmahl von Leonardo ist hinter einem Gerüst und wird restauriert, die Lüneburger Heide ist ein Ausflugsgebiet mit Coladosen, die balinesischen Tänzerinnen sind so professionell wie die Schuhplattler in Reit im Winkel, und barbusig sind sie schon lange nicht mehr, und am Gauguin-Strand von Tahiti befindet sich der gleiche Postkartenautomat wie am Tempel des Himmels in Peking. Fast alle Sehenswürdigkeiten sind enttäuschend, nur die Krokodile – jedenfalls die von Bundala – sind so wie man sich Krokodile vorgestellt hat: groß, böse und sehr, sehr alt.

»Die größeren sind die Weibchen«, sagte Andrew. »Man kann sagen: jedes Krokodil frißt einen Menschen pro Jahr.«

»Kann es davon leben?« fragte eine hanseatische Touristin besorgt.

»Nein«, sagte Andrew, »zwischendurch frißt es Fische.«

Eigentlich gefährlich sind Krokodile nicht. Andrew erzählt Schauergeschichten: wenn man ein Krokodil von vorn nach hinten an beiden Flanken mit den Händen streichelt – immer nur von vorn nach hinten? – dann schläft es ein, und man kann es untern Arm nehmen und nach Hause tragen. Manchmal mache er das aus Jux, sagte Andrew, wenn er einen Freund erschrecken wolle, dann lege er so ein eingeschläfertes Krokodil unters Sofa. Wenn der Freund beim Arrak sitzt und fragt: sehen wir heute noch ein Krokodil aus der Nähe? dann antworte er, Andrew: du brauchst nur unters Sofa zu schauen. Besonders bei Damen wirke das.

Wenn man allerdings von *hinten* nach *vorn* streichelt, dann – sagte Andrew … was dann? das bewirke das Gegenteil. Das mache man in der Regel nur einmal im Leben. *Ganz* am Ende des Lebens. Aber sonst sind Krokodile eigentlich nicht gefährlich, obwohl sie schneller laufen können, als man meint. Sie haben Angst vor einem aufrecht gehenden Menschen; vor sehr hellen Gegenständen. Sie fliehen. Näher als acht, zehn Meter kann man nicht an sie herankommen, wenn man es nicht sehr schlau macht. Sie haben sehr gute Augen. Nur im Wasser sind sie gefährlich; alles was im Wasser schwimmt oder sich im Wasser bewegt, gilt ihnen als Fisch, und das fressen sie.

In den Lotus-Sümpfen stehen Männer, fast nackt, dunkelbraun und ausgemergelt, und stechen die Lotuswurzel aus. Die Lotuswurzel gilt als Medikament und Aphrodisiacum. Die Männer dort, die in den Lotus-Sümpfen stehen, haben Lehmhütten am Rand der Sümpfe, da wohnen die Familien, und sie leben davon, daß sie die Wurzeln ausstechen, trocknen und verkaufen. Jedes Jahr frißt jedes Krokodil einen solchen Lotussammler, weil er ja im Wasser steht und im Auge des Krokodils als Fisch gilt. Hie und da auch einen Touristen, der unbedingt in der Lagune baden will.

»Das Krokodil dort«, sagte Andrew, »ist zweihundert Jahre alt, ungefähr. Als es aus dem Ei geschlüpft ist, hat Mozart noch gelebt. Jedes Jahr einen Menschen: so gesehen hat es ein Dorf ausgerottet. Keine schöne Vorstellung – in Krokodilscheiße verwandelt zu werden.« Das alte Krokodil äugte herüber. Erst war es mit offenem Maul dagelegen – sie kühlen sich durch den Rachen ab, der Panzer läßt ja nichts durch, sagte Andrew –, dann klappte es das Maul zu. Die Zähne standen unschön und unregelmäßig unter dem faltigen Rand des Mauls (kann man: Lippen sagen?) hervor. Groß, verwittert, plump (*scheinbar* plump, um genauer zu sein) lag es da, und, um es nochmals zu sagen: ganz, ganz uralt. Ein Krokodil ist wie die Essenz des verkrusteten Uralters. Ein saturnisches Tier.

Es äugte herüber; ein kühner Tourist schlich mit seiner Kamera hin, auf zwanzig, fünfzehn Meter, das Krokodil drehte sich – alles andere als plump – blitzschnell um und ließ sich ins Wasser fallen. Dann waren nur noch die Augen und die Nüstern zu sehen, und auch das nur, weil man es wußte. Sonst hätte man das für irgendein Blatt oder Stück Holz gehalten, das da im braunen Sumpfwasser dümpelt.

Ein paar Meilen weiter ist eine Stelle, schon am Rand des Buschgebietes, da führt eine sanfte Senke ins Wasser. Dort trinken die Elefanten am liebsten. Allerdings, sagt Andrew, weiß kein Mensch, *wann* sie kommen. So gegen Abend, ja, aber ob sie um sechs Uhr kommen oder um elf Uhr, oder irgendwann dazwischen, das ist ungewiß. Außerdem: der Wind. Wenn der Wind ungünstig steht, wittern sie uns, den Benzingeruch des Jeeps. Dann kommen sie nicht.

Der Wind stand nicht ungünstig, die Elefanten kamen trotzdem nicht. Die Sonne näherte sich der fernen Hügelkette. Die Lagune schimmerte rot. Die Hügel zerrannen in sanftes, nebliges Blau. Eine Herde von Büffeln kam ganz langsam und ging ans Wasser. Alles war still, ein Bild des Friedens. Nur die Elefanten kamen nicht. Um den Touristen die Zeit zu vertreiben, erzählte Andrew: vom Gespenst der Krokodile.

Vor ein paar Jahren ist einem der Boys aufgefallen, daß ein Krokodil, das dort in der Lagune lebte, angefressen war. Er, Andrew, habe den Boy für übergeschnappt gehalten. Doch, habe der Boy gesagt, richtig angefressen, er habe es genau gesehen.

Krokodile haben – außer Krokodiljägern mit Gewehren – keine Feinde. Wer soll ein Krokodil beißen können? Niemand, nichts.

Am nächsten Tag sei er, Andrew, hinausgefahren um nachzuschauen. Tatsächlich: nicht nur ein Krokodil war »angebissen«, mehrere Krokodile hatten tiefe, gräßliche Bißwunden. Wer kann ein Krokodil beißen? Ein Rätsel.

Im Lauf der nächsten Wochen wurden es immer mehr, immer mehr Krokodile wiesen Bißwunden auf. Es kommt ab und zu vor, daß Krokodile streiten und daß sie sich gegenseitig beißen – aber ganz selten, und *so* gräßlich nicht. Alle Leute um den Busch von Bundala herum waren in heller Aufregung: das Gespenst der Krokodile. Ein Gespenst beißt sie in der Nacht. Andrew und seine Boys legten sich auf die Lauer, setzten sich auf Bäume nahe dem Wasser, suchten nächtelang mit den schärfsten Feldstechern die Wasseroberfläche ab – nichts. Und die gebissenen Krokodile wurden immer mehr.

Und eines Tages sah Andrew das Gespenst: ein Hai. Von dem Baum dort aus – Andrew zeigte hinüber – hat er den Hai erschossen, und dann haben sie ihn an Land gezogen. Wahrscheinlich – oder sicher: denn es gibt keine andere Erklärung – ist der Hai, vielleicht, weil er noch sehr klein war, mit der Flut in die Lagune gespült worden und hat den Anschluß zum Hinausschwimmen, als die Flut zurückging, versäumt. Süßwasserfische können im Salzwasser nicht leben, Salzwasserfische im Süßwasser schon – offensichtlich, jedenfalls Haie. Der Hai lebte wie Gott in Frankreich. Mehr Fische, als es in der Lagune gibt, konnte er sich gar nicht wünschen. Er brauchte gar nicht zu jagen, nur das Maul aufzumachen. Er wuchs und wurde groß und fett. Und er fing Streit mit den Krokodilen an, und ein Hai ist dann doch im Wasser schneller als ein Krokodil und hat sogar noch schärfere Zähne – und das war also das Gespenst der Krokodile. Als es erlegt wurde, hörten die Bißwunden auf. So war das.

Die Elefanten kamen nicht. Die ganz kurze, blutrote tropische Dämmerung kam, dann sofort die Nacht. Man stieg in die Jeeps und fuhr zum Hotel zurück. Es gab Reis mit Curry zum Abendessen. Die asiatische Küche ist nur in sehr gut gepflegten Restaurants in Paris oder London zu genießen. Dazu gab es warmes australisches Bier. Der Kühlschrank war ausgefallen. Ein Kellner hatte ihn gestern offengelassen. Es war ein kleiner Baum durchgewachsen.

Über das Küssen der Erde

Karl I., vordem Kaiser von Österreich, König von Ungarn und dergleichen, versuchte im Oktober 1921 durch einen Putsch wenigstens den ungarischen Thron für das Haus Habsburg zu retten. Der Putsch schlug fehl. Karl wurde aus Ungarn verbannt. Als er das Land verließ, küßte er die Erde. – Im Jahr 1945 kehrte der Erzherzog Otto, Karls Sohn, in einem Jeep der Besatzungsmacht für – wie sich herausstellen sollte – kurze Zeit nach Österreich zurück. Als er die Grenze von Bayern nach Tirol überschritt, küßte er bei Betriebskilometer 291 der österreichischen Bundesstraße 185 die Erde. H. C. Artmann, der Dichter von ›med ana schwoazzn dintn‹, wurde wegen Mißachtung des Rotlichtes mit einem Strafmandat belegt. Artmann wollte die Strafe nicht zahlen, lieber – erklärte er – wandere er aus. Er begab sich nach Schweden. Bevor er in Wien-Westbahnhof in den D-Zug stieg, küßte er die Erde. Verwirrend erscheint in dem Zusammenhang, daß Artmann – mit der Fähre in Göteborg angekommen – auch dort die Erde küßte.

Wir haben beliebige Beispiele herausgegriffen. Offenbar ist das Küssen der Erde ein Zeremoniell, über dessen Notwendigkeit und Einzelheiten Geheimnisvolles webt. Eins scheint sicher zu sein: abgedankte Monarchen sind verpflichtet, die Erde zu küssen. Ich stelle mir den Ablauf etwa so vor: der Monarch wird mit dem Auto zum Bahnhof gebracht. Ein Adjutant reißt den Schlag auf, der Monarch entsteigt. Auf der Stiege steht, obzwar revolutionären Organisationen angehörend, ein Spalier Bahnbeamter. Der Monarch steigt entschlossen, federnden Schrittes (oder: den müden Arm auf einen letzten treuen Hofmarschall gestützt) zum Bahnhof hinauf. Draußen am Bahnsteig salutiert der Bahnvorstand. Der Monarch zögert, ehe er den Fuß zum Trittbrett hebt. Alles wartet schon darauf: er bückt sich, kniet sich hin, beide Hände aufgestützt (in der Haltung nicht unähnlich dem startenden Kurzstreckenläufer) senkt er das Haupt und küßt den Bahnsteig, respektive die Erde. – Ist nun aber, fragen Zweifler mit Recht, ein Bahnsteig aus bahneigenem Spannbeton die – um beim Beispiel Kaiser Karls zu bleiben – ungarische Erde? Gut, gemeint ist die Erde *unter* dem Beton, aber befriedigt das ganz? Mag sein, der eine oder andere Monarch macht sich die Mühe und steigt hinunter zu den Geleisen, beugt sein Haupt neben den Rädern und küßt den Schotter. Das kommt ohne Zweifel der Heimaterde schon näher. Wer aber verbürgt, daß das Gebot, bei Aufenthalt in Bahnstationen die Toiletten nicht zu benutzen, auch immer eingehalten wird? Wir sehen hier den Sinn dieser Vorschrift, und wir sollten das nächste Mal, wenn eigene Not uns reizt, das Verbot zu mißachten, daran denken, daß schon morgen hier ein Monarch unter den Zug kriechen und die Erde beziehungsweise den Schotter küssen kann.

Würdiger, wenn auch umständlicher, ist das Verfahren, das König Humbert II. von Italien angewendet hat, als er 1946 Rom für immer verließ. Auch er zögerte, bevor er den Fuß aufs Trittbrett hob. Man wartete auf den Erdkuß, aber Humbert drehte sich um und ging in den Bahnhof zurück. Erschrocken dachte die eine Hälfte der Versammelten an einen bevorstehenden Staatsstreich. Die andere Hälfte nahm an, der Ex-König wolle kurz noch einmal das tun, was eben beim Aufenthalt an Bahnstationen verboten ist. Umberto aber suchte die italienische Erde, die *bloße* italienische Erde. Da Rom nun sehr arm an Grünflächen ist, hätte der König womöglich bis zur Villa Borghese laufen müssen, wäre nicht am Eingang der Via Olmata gerade das Trottoir aufgerissen worden. Zwei Straßenarbeiter wurden von eilig nachgelaufenen Flügeladjutanten zur Seite gebeten. Der ehemalige Monarch küßte die neben frisch gelegten Telephonkabeln bloßliegende Erde. – Ähnlich wollte König Ludwig III. von

Bayern verfahren, als er 1918 München (für drei Tage, dann kehrte er als Privatmann zurück) verließ. Er fuhr im Auto zu einem mit ihm befreundeten Förster nach Maxlrain. Unterm Arm trug er ein Zigarrenkistel. Man munkelte, darin seien die Kronjuwelen. Es waren aber wirklich nur Zigarren drin, wie man bei Hubensteiner nachlesen kann. Obwohl es sich nur, wie gesagt, um kaum mehr als einen Jagdausflug handelte – keine eigentliche Flucht, kein Exil, eher eine Art höfliche Geste gegen die Revolutionäre –, wollte es Ludwig III. nicht versäumen, die Erde zu küssen. Eigensinnig bestand er darauf, die bayerische Erde in unverfälschter Form, nicht das Kopfsteinpflaster am Max-Joseph-Platz zu küssen. Nicht weit davon, am Odeonsplatz, hatte die Rotfront Barrikaden errichtet und Gräben aufgeschaufelt. Dorthin wandte sich der König. Ein immerhin mögliches Unglück wurde durch den Wirt vom Franziskaner verhindert, der dem König einen Stock Alpenveilchen vom Fenster seiner Wirtschaft reichte... eine elegante, wenn auch umstrittene Lösung, denn – abgesehen davon, daß es sich um importierte Blumentöpfe handeln könnte – ist abgetrennte Heimaterde noch echte solche? Nun, hat auch mancher Oleanderkübel auf festlichem Bahnhof in der Folge abdankenden Monarchen gute Dienste geleistet, lobenswert erscheint die Vorsicht des Fürsten Heinrich von Reuß jüngerer Linie, der seit Anfang August 1917 ständig ein Säckchen mit Reuß-jüngerer-Linie'schen Erde bei sich trug.

Selbstverständlich gibt es auch Exzesse. König Carol II. von Rumänien, zum Beispiel, dankte im Lauf seines Lebens insgesamt sechzehnmal ab: zweimal als König von Rumänien, viermal als Großfürst von Siebenbürgen, einmal als Hospodar der Walachei usw. usw. Jedesmal küßte er die entsprechende Erde. Es ist begreiflich, wenn zuletzt niemand mehr Notiz davon nehmen wollte. – Als nachgerade anstößig wurde es empfunden, was sich abspielte, als die beiden Fürsten von Schwarzburg-Rudolstadt und Schwarzburg-Sondershausen ihr Land verließen. Auch sie küßten – was ihnen zustand – die Erde. Als jedoch ihr Erbprinz (aus Sparsamkeit hatten sie nur einen gemeinsamen Erbprinzen, den Prinzen Sizzo) ebenfalls die Erde küßte, sprach man offen von einer Anmaßung, die gerade für den Prinzen Sizzo so typisch sei, stamme er doch aus einer nicht apanagierten Paragiatslinie und noch dazu von einer bürgerlichen Mutter. Es habe – sagte man – nicht viel gefehlt, und die bürgerliche Mutter hätte auch die Erde geküßt.

Allzu bequem hat es sich Georg VI. von England gemacht, als er den Titel eines Kaisers von Indien ablegte. Er ließ sich in einer Schnupftabakdose indische Erde nach London schicken und küßte sie im Laufe eines gewöhnlichen Tages, nach dem Tee. Es war eine verhängnisvolle Geste. Der Sinn für Tradition, den die Engländer allen Völkern des ehemaligen Commonwealth beigebracht haben, ließ die jungen Staaten, die der Oberhoheit der Krone entsagten, ebenfalls je eine Schnupftabakdose voll ihrer Erde nach London schicken. Zeitweise küßte Königin Elisabeth II. bis zu fünfzehn Erden täglich. Sie lehnte es allerdings ab – als sie die Sultanswürde von Bahrain niederlegte –, das von dort gesandte Schüsselchen mit Erd*öl* zu küssen.

Postscriptum 1987: dies wurde in den 60er Jahren geschrieben. Wer konnte damals ahnen, daß der Erdkuß von 1978 an wieder in Schwang kommt?

1978 wurde Cardinal Wojtila zum Papst gewählt. Er nahm den Namen Johannes Paul II. an. Es hätte einen schon stutzig machen sollen, daß dieser Papst Skifahrer ist. Nicht genug damit, reist er. Er reist so viel, daß er den Kalauer provoziert hat:

»Was ist der Unterschied zwischen Gott und dem Papst?«

Antwort: »Gott ist überall; der Papst ist überall schon gewesen.«

Und keine Erde bleibt von ihm ungeküßt. Wo uns im

Fernsehen eine Flugzeugpiste entgegenblinkt, ist meist ein Papst nicht weit, der sich hinkniet und sie küßt.

»Wo ist heute der Papst?« fragen die Kinder vor dem Fernseher, »küßt er nicht die Erde?«

Unsere Erde ist mit Papstküssen gepflastert. Von einem Schweizer Gardisten habe ich eine Anekdote erfahren. Der Papst, so erzählte der Gardist, ist selber schon ganz schwindlig von seinen vielen Reisen. Er weiß oft nicht mehr, wo er ist. Als er im Mai dieses Jahres die Bundesrepublik das zweite Mal besuchte, sagte er aber sofort nach dem Rollbahnkuß in Köln/Wahn:

»In Germania Occidentale sumus.«

Die Cardinäle staunten. Woher wußte das Seine Heiligkeit so sicher?

»Ich habe mich an den Geschmack erinnert«, sagte der Papst mild lächelnd.

Und die Regalia Elegantes verlöschte wieder. Kein herbstlicher Wind, kein Hauch hatte sich an dem geschützten Ort bewegt, und zum dritten Mal war die Regalia verlöscht. Als Herr Baswaldt seine Zigarre zum vierten Mal anzünden wollte, erloschen drei Zündhölzer hintereinander, ohne daß es einem gelungen wäre, die Spitze des angerauchten Stumpens neu zu entflammen. Ohne Fluch, aber äußerst ärgerlich warf Herr Baswaldt die Regalia mitsamt den restlichen Zündhölzern hinter sich über das Geländer unter eine Pracht-Aloe.

Wenn man Herrn Baswaldt nicht kennt, gibt diese fast heftige und jedenfalls verschwenderische Reaktion (die Zündholzschachtel war noch zur Hälfte voll gewesen) kaum zu denken. Kennt man aber den durchaus stattlichen, arrivierten, in ausgeglichenen Sorgen und Freuden lebenden Dichter von Erfolg mit festem Einkommen und in der ausdrücklichen Körperfülle des fünften Lebensjahrzehnts, so erscheint es merkwürdig, daß eine immerhin – für einen Zigarrenraucher – alltägliche kleine Ärgerlichkeit ihn zu solchem Tun bringen konnte. Und wirklich war die Zigarre heute seine allergeringste Sorge.

Es war der neunte Tag im Aufenthalt des Herrn Baswaldt in der betreffenden Stadt. Es war diese Promenade der neunte Nachmittagsspaziergang, am neunten Nachmittag, an dem dieser bekannte Dichter – sonst fleißig und routiniert – nichts geschrieben hatte. Länger als der Herr für die Schöpfung gebraucht, suchte Cosmo Baswaldt nach einem Konzept für sein neues Werk. Das Moralische versteht sich, ganz besonders für den Dichter, von selbst, und von einem Cosmo Baswaldt hätte das gebildete Publikum nichts anderes erwartet, als daß sich die moralische Grundhaltung dieses Autors nur jeweils in neuer, überraschender Weise manifestiere. Worum zu ringen, ist die Form. – Nun waren sich aber die moralische Grundhaltung des Herrn Baswaldt und die Art des Stoffes, mit dem er sich trug, so entgegengesetzt, daß nicht daran zu denken war, die Moral sich von alleine verstehen zu lassen. Vielmehr mußte Herr Baswaldt – wie er es nannte –: »Gegen den Stoff arbeiten«, mit einem völlig von der Handlung selbständigen moralischen Konzept, deutlicher: mit einem Vorwort oder Nachwort.

Die moralische Grundhaltung des Herrn Baswaldt hatte sich nämlich vor kurzem geändert. Als sparsamer Hüter seiner Gaben und Einfälle wollte er jedoch das dankbare Sujet aus der Zeit vor seiner Wandlung keineswegs unbearbeitet fallenlassen. Zu überlegen war also: wie das Publikum durch eine doppelt unerwartete Form über die moralische Inkongruenz der Geschichte hinweggetäuscht werden könne. Neun Tage – den heutigen eingerechnet – hatte Herr Baswaldt zu ringen gehabt. Kam heute die Erleuchtung?

Die sogenannte Heinrichs-Promenade, die der Dichter seit neun Tagen jeden Nachmittag hinaufzuspazieren pflegte, ist in den Porphyrfelsen des Guntschnaberges hineingesprengt und mit eigenartigen und seltenen Gewächsen bepflanzt, die hier in geschützter Lage ausgezeichnet gedeihen können, selbst wenn sie aus viel wärmeren Regionen stammen. Hart am Fuß des Felsens, am Anfang des Weges, steht die Wandelhalle, von deren ebenfalls bepflanztem Dach die Windungen der Promenade ihren Ausgang nehmen. Dort, im Schatten einer ausläufigen, mächtigen Himalaja-Zeder, hatte Herr Baswaldt die Regalia zum ersten Mal angezündet und als letzte Erholung vor der bevorstehenden Denkarbeit den bereits weiten Ausblick über die Stadt genossen. Helles Läuten aus der nahen Schule zeigte für die dortigen Schüler das Ende ihrer Pflicht an, für Herrn Baswaldt den Beginn der seinigen. Er drehte sich jetzt um, legte sich seine Probleme zurecht, schwang den Stock unter die Achsel und zog an der Zigarre.

Allein – die Zigarre war ausgegangen.

Vorsichtig setzte Herr Baswaldt einen Fuß auf die Porphyrplatten der Einfassung und schob dabei den üppigen Efeu und den zarten, bunten wilden Wein beiseite. Langsam zog sich ein Skorpion – ein hier harmloses Tier – aus der gefährlichen Nähe des Fußes. Eine Mauereidechse, mit der Zunge schnell hin und her tastend, kroch auf Herrn Baswaldts Schuhspitze. Der Dichter lächelte. Erst als das zierliche Reptil wieder fortgeschlüpft war, stützte er seinen rechten Ellenbogen auf das Knie, bildete umständlich mit beiden Händen einen Schirm für das Zündholz und rieb es an. Die Zigarre brannte wieder, wie sich Herr Baswaldt durch kräftiges Ziehen versicherte.

›Leon, der Hirte, und die Prinzessin Galla Placidia‹ – ein faszinierender Stoff: aber Cosmo Baswaldt wußte den gefundenen Edelstein nicht zu fassen. »Gewiß«, sagte er zu sich, »die Geschichte ist bereits einmal beschrieben worden: Diktys von Sipontum. Aber wer kennt es? Und wer liest es? Die alte Geschichte ist einfach unglaubwürdig. Der Hirte Leon entpuppt sich zuletzt als der Sohn des Kaisers Carolus Magnus und kommt wegen der stolzen Prinzessin in einer Schlucht um (oder in einer Schlacht, wie es im Mailänder Text heißt). So geht das«, Herr Baswaldt schwang seinen Stock, »so geht das natürlich nicht. Aber wie geht es? Ich bin ratlos. Soll ich den Ort der Handlung verlegen? Ist Südamerika in der deutschen Literatur noch en vogue? ... der Hirte Leon ein *Peon*, der das Lama hütet? Nun, eigentlich ratlos bin ich noch nicht einmal, höchstens unschlüssig, keineswegs aber verzweifelt.«

Sehr entschieden verzweifelt war aber Cosmo Baswaldt wegen seiner Zigarre, die hier das zweite Mal verlöschte – »vielleicht«, so dachte sich der Dichter, »habe ich mit dem Stockschwingen zuviel Wind gemacht«. Als die Regalia dann das eingangs erwähnte dritte Mal verlöschte, warf er sie mitsamt den Zündhölzern unter eine Mondblume der Pracht-Aloe.

»Scheiß der Hund aufs Feuerzeug, kann man dabei wahrhaft sagen«, fluchte Herr Baswaldt hinterher, nahm den runden Hut vom Kopf und wischte sich die Stirn und den vorderen Teil der Glatze trocken.

Und da – nach wenigen Augenblicken – wie ein Wunder: in der Zigarre war offenbar durch den heftigen Flug ein heimliches Feuer genährt worden, und feiner Rauch zog durch die bald nach dem Boden wie ein allseitiger Federfächer ausgebreiteten Blätter der Pracht-Aloe hinauf, hüllte den langen Stengel der Pflanze kaum sichtbar ein, zog hinauf über die Blütenstände, wo im Sommer die weißen Dolden hängen.

Herr Baswaldt stellte für den Moment alle schriftstellerischen Probleme zugunsten der Frage zurück: wie er wieder zu seiner Zigarre kommen könne.

»Ohnedies eine Ungezogenheit, eine unwürdige Entgleisung, wie ich die Regalia unter die Mond-Aloe geworfen habe. Brennt sie jetzt dennoch, werde ich sie mir wieder holen.«

Das Geländer, das auf der oft steilen Talseite die Promenade einfaßte und das Publikum vor dem Sturz in die Tiefe, die wertvollen Pflanzen aber vor dem Publikum schützte, das Geländer trennte an dieser Stelle ein großes, dichtbewachsenes Dreieck vom Wege ab. Drei große irdene Vasen, verwittert und durch Eisenbänder zusammengehalten, verzierten die unregelmäßigen Spitzen des Dreiecks. Die äußerste dieser Amphoren ragte über den Abgrund hinaus, die nächste konnte der Dichter mit der Hand erreichen, und auf sie gestützt, kletterte der nicht unbeleibte Herr auf das Geländer. Rittlings sitzend, den einen Fuß auf der Wegseite, den anderen bereits im Verbotenen, rastete er.

»Gut, daß mich niemand so sieht. Wenn man Verbotenes tut, sollte man wenigstens nicht lächerlich wirken.« Eine olivengroße, blau und violett schillernde Hummel umkreiste dreimal das runde Haupt des Dichters.

»Ins Übermenschliche, ins Außermenschliche müßte

die Geschichte von Leon, dem Hirten, und der Kaisertochter gehoben werden –« gänzlich ungerufen und vielleicht gerade, weil sie beiseite gelegt worden waren, bis die Zigarre wiedererobert wäre, waren die poetischen Gedanken gekommen und umsurbelten den Kopf des Dichters wie die Herbsthummel.

Irritiert von diesem unerwarteten doppelten Anspruch, in Sorge dazu, die Zigarre könnte die Yucca-Palme oder die kleine Rotbuche daneben in Brand stecken, saß Herr Baswaldt auf dem Geländer. Die Hummel zog aber zuletzt alle sorgenden Gedanken des Dichters auf sich. Das Tier umflog jetzt in immer engeren Kreisen und anscheinend in steigender Erregung Herrn Baswaldts Kopf. Die Hummel blieb dicht an ihm, denn sie war in Gefahr: von der nahen Zypresse aus beobachtete ein Zyklopensprintz (Nisus cyclops, ein hinterhältiger Räuber) sein konfuses Opfer. Langsam richtete sich der einäugige, gelbbrüstige, rotgefiederte Sperber-Vogel auf. Herr Baswaldt versuchte vergeblich mit der Hand die Hummel zu verscheuchen – zweimal zuckte und plusterte der Räuber sein Gefieder und schoß im steilen Flug direkt auf die Hummel nieder, das heißt: auf Herrn Baswaldts Kopf. Der Dichter schüttelte rasch und ärgerlich den Kopf, daß seine Backen flatterten und »Fft – fft!« machten. Herr Baswaldt duckte sich, begann das Gleichgewicht zu verlieren. Der Vogel sauste dicht an seinem Kopf vorbei. Im letzten Augenblick war die Hummel – kaum war Platz genug – in Herrn Baswaldts linkes Ohr geschlüpft. Eine verlorene rote Feder des Zyklopenvogels wedelte im Haar des Dichters. Der gefoppte Vogel saß völlig fassungslos in einem der unteren Zurgelbäume. Der Dichter schwankte immer mehr auf seiner Stange. Er faßte sie mit beiden Händen, strampelte, die Stange rutschte in seinen Händen, bildete die Achse, um die sich sein Körper drehte, so daß er mit Kopf und Schulter voraus auf den Boden schlug, während seine Füße, am Geländer aufgerichtet, in die Luft ragten.

»Ins Schildkrötische! –« Man möchte meinen, es gäbe keinen weniger geeigneten Moment für die Erleuchtung. Aber die Erleuchtung kommt, wenn sie will. »Ins Schildkrötische muß ich die Geschichte erheben –« Herr Baswaldt drehte sich, daß er mit dem Bauch nach unten zu liegen kam, als Vorbereitung fürs Aufstehen. Der Sprintz am Zurgelbaum wandte sich um und schaute ins breite Tal hinunter. Die gerettete Hummel verließ das Ohr des Poeten, flog hinauf und verschwand hinter einer dichten Ranke von Efeu.

»Die Prinzessin erleidet die Nachstellung eines bösen Zauberers, eines heidnischen Philosophen etwa, aber auch die reinen Absichten des Hirten Leon gelten ihr, ohne daß sie es weiß ...« Cosmo Baswaldt schob nacheinander die beiden Knie unter seinen Leib und stemmt den Oberkörper mit den Armen vom Boden. Er atmete schwer: »– der böse Zauberer verwandelt, weil sie ihm ihre Zuneigung verwehrt, die Prinzessin in eine Schildkröte ...« – der Dichter zog ein Bein nach vorn und setzte die Fußfläche auf, so daß er halb kniete. »Unglückliche Prinzessin! Aber noch unglücklicherer Hirte Leon ... möchte man meinen. Aber er sieht in ihrem schildkrötischen Zustand, in dem sie sogar der böse Zauberer verschmähen würde, eine Möglichkeit« – das Geländer mit einer Hand ergreifend, die andere aufs Knie gestützt, erhob sich Herr Cosmo Baswaldt langsam und endgültig, und mit der Bewegung des bedächtigen Applaudierens entfernte er – mehr symbolisch – den Staub von den Händen.

»– die einzige Möglichkeit, sich, wenn nicht ihrer Liebe, so doch ihrer Dankbarkeit zu versichern. Er ärgert irgendwie den Zauberer, der ihn prompt auch in eine Schildkröte verwandelt (der Zauberer kann nichts anderes). Vor die Prinzessin hingekrochen, nimmt er sich diesmal ein Herz zu sprechen: ›Siehe, Galla Placidia, kaiserliche Prinzessin, deinetwegen habe ich auf menschliche Gestalt verzichtet, um dir gleich zu sein, laß mich dir nun auch nahe sein.‹«

Der Dichter bückte sich noch einmal, um den Staub von

den Knieteilen seiner Hose zu entfernen. Er steckte sich, als großzügige Feier für den Tag, eine neue Regalia Elegantes an und stieg weiter die Promenade hinauf.

»Unausgesprochen werde ich lassen, ob Stolz und Verbitterung die Prinzessin veranlaßt haben, den armen, treuen Hirten abzuweisen, oder ob selbst für in Schildkröten verwandelte Prinzessinnen Standesrücksichten zu gelten haben. Kurz: der Hirte Leon stürzt sich in die Schlucht und stirbt. Oder in eine Schlacht ... eine Schildkrötenschlacht; hm ... ein starkes Bild.«

Herr Baswaldt rastete an der nächsten Serpentine. Noch einmal klingelte das Schulgeläute, wohl um das Ende der Pflichten für die Nachgesessenen anzuzeigen. Herr Baswaldt, der diesmal nicht darauf achtete, pflückte eine der reifen, blauschwarzen, zwetschgengroßen Früchte des Kaktus Opuntia nana, die im Geschmack entfernt dem Holunder ähnlich ist. Dann zog er an seiner neuen Regalia. Sie war nicht erloschen. Der Rauch zog schwer und leicht zugleich hinauf zu den herbstlichen Granatbäumen.

Stilübung

Er sitzt in einem Sessel. Es ist ein Fauteuil aus Sammet, mit Fransen bis zum Fußboden, mit dicken, stramm gedrehten Fransen, fast so dick wie Quasten, aber doch längst nicht so dick wie die Quasten, die von den beiden Knäufen vorn an den Wülsten der Sammetlehnen herabhängen. Die eingewobene Goldlitze blitzt an den hohen Stellen der mehrfach bauschig gebundenen Quaste auf, die gleiche Litze, die auch hie und da in den Fransen unten am Sessel aufscheint und regelmäßig in der zweifarbig, zweifach in sich gedrehten Schnur, die die Nahtstellen im Sammetüberzug des Sessels – wie üblich bei solcherart Ergebnissen des Tapezierergewerbes – kaschiert.

Der Sessel scheint nicht besonders groß zu sein. Er ist wohl eher für ein Boudoir gedacht – gedacht zwar, aber nicht geeignet, denn er ist klein, aber er ist nicht zierlich und mitnichten elegant. Er, der drauf sitzt, der von Statur eher schmächtig, hat den kleineren Sessel offenbar gewählt, um selber größer, vor allem mächtiger zu erscheinen. Er gefällt sich im Mächtigen, ja Gigantischen. In allem, was er tut oder sagt, ist er bemüht, den Anschein des Gigantischen und Heldischen zu erwecken, so sehr bemüht, daß derjenige, der ihn nicht gut kennt, und derjenige, der ihn verehrt, ihn für einen wirklichen Giganten hält.

Er sitzt auf dem Stuhl nicht angelehnt, den rechten Arm auf die weiche rechte Lehne gestützt, überhaupt nach rechts gewendet, das Gesäß an die linke Lehne gedrückt. Die Füße sind übereinandergeschlagen – die Füße, nicht die Beine. Die Knie sind noch nebeneinander auf gleicher Höhe, erst der Ausläufer der linken Wade kreuzt den rechten Rist. Die linke Hand liegt auf dem linken Knie und hält – fast wie verschämt – bei geschlossenen Fingern nur mit dem kleinen Finger das weite, sehr weite Hosenbein etwas geschürzt, so daß es unten ein schier Unbeschreibliches freigibt: eine Art Stiefel-Pantoffel, auch aus Sammet vielleicht. Man denkt an Eskimo-Stiefel, an Winter-Mokassins (wenn es so etwas gibt), an Turkmenen-, an Tataren-, an Nomadenfußbekleidung. Wohl kniehoch (selbst die aufgeschürzte weite Hosenschlotter gibt das obere Ende nicht zu erkennen) ist es auf der Seite geschlitzt und mit ziemlich breiter Litze wieder geschnürt. Oben – wo der Spalt sich durch die Litze noch nicht völlig schließen läßt – leuchtet ein weißes Dreieck hervor: wohl das knöchellange Unterbeinkleid.

Ist so seine Bein- und Fußbekleidung, sind die Sammet-Stiefel und die weite, fast doppelt-kittelartige Hose eher nomadisch, so ist das andere über der Hüftlinie fraglos urban: ein wiederum sammetener Hausrock (der feinste Sammet bisher) mit seidenem, carréeweise abgesteppten Kragen und ebensolchen Armstulpen. Den weiten Ärmeln nach zu schließen handelt es sich um ein legeres Kleidungsstück, das allerdings dadurch im Moment etwas von seiner Leichtigkeit verliert, daß er – schon im Sitzen – mit der linken Hand den linken Schoß des Rokkes, der weit über den Sessel hinuntergehangen hat, mit nestelnder Bewegung unter sein Gesäß (das, wie erinnerlich, an die linke Armlehne gedrückt ist) gestopft hat. Dadurch ergibt sich im Sammet ein zwar reicher, aber etwas gequälter Faltenwurf, und auch die Tasche öffnet sich, spreizt ihre Öffnung und birgt kaum noch ein mit kleiner Schrift eng beschriebenes Papier: ein Manifest? eine rasch aufgezeichnete gehabte Offenbarung? der Entwurf einer fordernden Petition an Fürsten zur ausreichenden Unterstützung der deutschen Nationalgenies, das heißt: von ihm? eine unbezahlte Tapeziererrechnung oder gar die Mahnung?

Ein anderes Papier hält er in der rechten Hand. Dieses Papier – eigentlich zwei zusammengehörige Bögen – war gefaltet. Er hält es am oberen Teil zwischen Zeigefinger und Mittelfinger der geschlossenen – aber nicht geballten – Faust. Leicht ruht der Daumen außen auf dem Zeigefinger. – Der untere Teil des ehemals gefalteten Papieres knickt hinunter (und die beiden Bögen knicken ungleichmäßig, so daß eigentlich erst hier zu sehen ist, daß es zwei Bögen sind), knickt hinunter zur Kittelhose, wo auch, schon halb verdeckt, das Couvert liegt. Ein Brief von einem Gönner? Oder vielleicht nur schnell ergriffen – gar nicht ihm gehörig –, um die Pose zu vollenden?

Die Weste mag auch aus Sammet sein. Sie liegt schon zu sehr im Schatten der sich etwas vorbauschenden seidenen Hausrockaufschläge, als daß man sie schlüssig erkennen könnte. Jedenfalls ist sie durch zwei-, wenn nicht dreierlei Arten von Ketten und Kettchen, mit Berlocken behängt, kompliziert mit der Hausjacke hin und her und bis zum Kragen hinauf verbunden. Es muß sehr umständlich sein und bedarf sicher der Übung, dieses System – etwa bei eiligem Stuhlgang – notwendig schnell zu entwirren. – Aus dem Ausschnitt der Weste quillt eine unförmige, ungeordnete, eher hineingestopfte als gebundene Plastron-Krawatte, die nur den schmalen weißen Kragen des Hemdes freigibt, des Hemdes, dessen Ärmelvorstoß auch an dem Gelenk der linken Hand (und nur der linken) aus dem Ärmel des Hausrocks schaut. Aber noch größer, noch weniger proportioniert als das Plastron ist an ihm das sichtbar Organische: die Hände und der Kopf, vielmehr das Gesicht, denn außer dem Gesicht sind vom Kopf nur die Ohren nicht bedeckt, alles andere verhüllt, um nicht zu sagen vermummt, ein hanseatischer Backenbart, der sich von den Schläfen aus vor dem Ohr hinunterzieht und unterm Kinn in den Kragen des Hemdes verschwindet (es muß ein unangenehmes Gefühl sein, soviel Backenbart unter dem enganschließenden Hemdkragen zu spüren), und verbirgt das Haupthaar, das in Strähnen auch die Ohren und den Kragen überschattet. Einen guten Teil des Kopfes aber vermummt buchstäblich das Allergrößte: das Barett. Auch aus Sammet, hochaufgebauscht über der linken Schläfe und mit energischem Griff nach rechts hin flach gezogen, läßt es in seinen kulminierend glänzenden Falten die Höhe der Stirn ahnen und hat im ganzen das Aussehen eines schiefen Pilzes. Aus dem Schatten des Baretts tauchen dann erst die Augen, wimpernlos und fast ohne Brauen, voneinander getrennt durch eine Nase, die weniger durch das eigene Ausmaß zu groß erscheint als dadurch, daß ihr Abstand zu dem schmalen, breiten Mund zu klein, lächerlich klein ist. Dafür, wie so üblich, ist das Kinn groß, sozusagen unplastisch, nur Fläche.

In den Augen läßt sich alles lesen. Seine Verehrer sehen wohl ein Adleraug' darin, das in die Ferne schweift, welches Aussehen er ihm auch offensichtlich zu verleihen trachtet. Man mag, wenn man will, große Gedanken hinter diesem Blick vermuten. Wer ihn aber kennt, weiß, daß möglicherweise kein anderer Gedanke dieses Adleraug' bewegt – oder vielmehr starr in die Ferne bannt – als eben der Gedanke daran, adlergleich zu schauen.

Rechts hinter ihm ist ein Strauch sichtbar – ist der Boden nicht auch mit Laub bedeckt? Sollte der Sammet-Sessel kurioserweise in einen herbstlichen Garten hinausgetragen worden sein? Sollte er, der Blick, *doch* adlergleich in die Ferne, mindestens aber in Lieblichkeiten eines Strauches später Rosen sich verlieren? Nein: links hinter ihm verrät es ein ungewollter Faltenwurf. Es ist alles nur Kulisse. Der blühende Strauch ist gemalt, die Blätter des Bodens sind entweder das Muster eines Teppichs, oder sie sind von einem Gehilfen des photographischen Ateliers dekorierend verstreut worden. Es wäre auch zum Wundern, denn hier ist kaum etwas echt, kaum.

Sein Alter – ja, wir können es schwerlich erraten: er ist 53 Jahre alt, sieht aber unstreitig jünger aus. Er hat die geschlechts- und alterslosen Züge ›innerer Menschen‹. Solche Menschen jammern gern. Was ist sein Beruf? Wüßten wir es nicht, ließe es sich schwer schließen. Erfahrungsgemäß tendieren Vegetarier im Alter dazu, geschlechtslos zu erscheinen wie Karpfen. Sollte es sich also um den Begründer einer Vegetarierbewegung handeln? – gar um einen Anthroposophen?

Nun, wir wissen es besser.

Ostern in Bozen
Eine Cosima-Idylle

Die Zeit im Jahr war noch nicht gekommen, wo man deswegen die Bozner oder die Grieser Wassermauer-Promenade aufsucht, weil der sanftkühle Wind aus dem Sarntal, das sogenannte Talfer-Lüftl, die einzige Erfrischung im Kessel des heißen Tages ist: es war erst Ostern. Die Talfer, noch drohend, wenngleich mehr in spielerischer Reminiszenz an die erdig-braun schäumende Gewalt, mit der sie einige Wochen vorher bis an die grünen Bänke der Promenade gezüngelt, die Talfer murmelte, und ihr Geräusch war das einzige auf der Promenade, denn es regte sich auch keine Frühlingsluft, die die Blätter der Bäume bewegt hätte, und es gab zu dieser Stunde weder Vögel noch Menschen unter ihnen, bis auf jene Gruppe, die, angeführt von einer Dame in Weiß, auf der Höhe von Schloß Maretsch weniger spazierenden als eher drängenden Schrittes gegen St. Anton zu sich bewegte.

»Du meine Minne«, sagte die anführende Dame in Weiß, eine Frau über die Sechzig, mit einer männlichgewaltigen Nase, die durch die mädchenhaft in zwei gardinenartigen Strähnen in die Stirn hängenden Haare kaum kompensiert war, »du meine Minne, der Kerl, dieser ekelhafte Ritter, ist auch in Bozen, sagtest du, Fidi?«

Der junge, etwas dickliche Mann, der Angeredete, Sohn der Dame und von eigentlichem Namen ›Siegfried‹, dessen Kinn in einem gewaltigen Stehkragen verschwand, den anderseits die runden Ausläufer der Backen leicht überdeckten, beeilte sich, an die Seite der Mutter zu kommen.

»Das ganze Unglück hast im Grunde –«

»Ich weiß, Mamma.«

»Unterbrich mich nicht. Und wenn ich es tausendmal schon gesagt hätte ... es ist zu gigantisch, zu – ich möchte sagen – kyklopisch, was da an deinem Vater gesündigt wird. Diese gewinnsüchtige Welt! Und dieser Mensch, der da jetzt in Bozen sein soll! Und der Mottl ist auch so einer, ein Treuloser! Ein Hagen!!«

Die weiße Dame wandte ihr umwölktes Antlitz gegen den seinerseits wolkenlosen Vormittagshimmel, der sich gleichmäßig blau, nur am Zenit unmerklich intensiver, vom Rosengarten bis über Jenesien hinaus spannte. Der Friede der Halbmittagsstunde, der Stunde des »Kleinen Geheimnisses« (das ist: ein Gulyas mit nur einem Knödel) im Batzenhäusel oder beim Däubele, wenn die Zehnuhr-Glocke von der Franziskanerkirche klingt, vermochte die Dame nicht zu besänftigen. »Aber du kannst«, fuhr sie fort, »ja selber nichts dafür. Du bist ja selber ein Opfer –«

Ein Schrei aus der nachfolgenden kleinen Gruppe unterbrach sie.

»Wer schreit denn da?«

»Ach, Mamma«, sagte ein blasse junge Frau mit aufgetürmten Zöpfen, »Isadora hat sich die Schuhe ausgezogen.«

»Bei diesem Kies hier?«

Eine andere junge Frau mit aufgelösten Haaren, in einer Tracht, die etwa eine Mischung aus dem Aufzug Rabindranath Tagores, einem Morgenneglige und einer römischen Toga war, hüpfte, in der Hand eine Sandale, bloßfüßig im Kies der Promenade hin und her.

»Daß Sie immer die Schuhe ausziehen müssen, Miss Duncan«, sagte die weiße Dame, »entweihen Sie uns doch Ihre erhabenen Bewegungen nicht.«

Die Frau in der Nachthemdtoga (sie hielt es für einen griechischen Anzug) war nahe an das gußeiserne Geländer der Promenade gegen das Flußbett hin gesprungen. Dort war weniger Kies.

»Schade, daß da soviel so Zeug, so Kies herumgestreut ist, nicht, Fidi? Sonst könnte uns Miss Duncan eine ihrer griechischen Tanzschöpfungen vortanzen. Hier im

Freien, unter den hohen Linden, oder was es sind, stell' ich mir das rasend erhaben vor.«

»Rasend«, sagte Fidi, »aber wir hätten gar keine Zeit.«

»Ach«, die alte Dame schlug die Hände zwar nicht über dem Kopf, aber vorm Gesicht zusammen, »auf Tröpfchen hätte ich fast über den ganzen Ärger nicht mehr gedacht. Wo er nur sein mag?«

»Der gute Mann dort hinten«, sagte die blasse Frau mit den aufgetürmten Zöpfen, »sagte uns, er hätte ihn deutlich flußaufwärts laufen sehen.«

»Wenn die Foxterriers nicht so gänzlich eigenwillig wären«, sagte die weiße Dame. »Schau einmal genau aus, Loldilein, du hast die besten Augen.«

Die als Loldilein angeredete Frau, Isolde in Wirklichkeit, eben jene mit dem blonden Zopfturm, stieg auf eine der grünen Bänke.

»Siehst du etwas?«

»Nein, Mamma, nur einen Menschen.«

»Einen Menschen, Loldi? Wie schrecklich! Du wirst sehen, es ist dieser Possart!! Es ist bestimmt dieser Possart!!! Was tut denn der Mensch?«

»Er kommt auf uns zu.«

»Fidi! Wir kehren um!«

»Aber wir können doch Tröpfchen nicht sich selber überlassen«, sagte Fidi.

»Lieber als daß ich dem scheußlichen Possart begegne.«

»Dann suche ich Tröpfchen allein.«

»Daß du dich unterstehst, Fidi! Wer weiß, was du wieder anrichtest, wenn man dich allein läßt. Womöglich gestattest du ihm, wenn er lang genug auf dich einredet, noch ausdrücklich, daß er den hohen ›Parsifal‹ in seinem entsetzlichen Theater in München aufführt und damit Geld verdient.«

»Hohe Mutter!« sagte Fidi aufrecht.

»Na! na!!« sagte die Hohe Mutter. »Hast du nicht dem ehrlosen Dr. Strecker auf offener Straße . . :«

Inzwischen war ein älterer Herr im Cutaway – jener,

der statt des Hundes Tröpfchen zu sehen gewesen war –, den Hut in der Hand, in sichtlich frommer Haltung zu der Gruppe getreten. Nach leisem, kurzem Gespräch des Herrn mit Loldi wandte sich diese (wieder von der Bank gestiegen) an ihre Mutter:

»Mamma, es ist nicht Possart. Es ist Dr. Alois Tschenett, der dir hier seine Aufwartung machen möchte. Er ist Präsident des hiesigen Wagner-Vereins.«

»Oh!« sagte die weiße Frau, »das freut mich aber.« Sie reichte dem Herrn Dr. Tschenett die Hand mit leichtem Knicken des Gelenkes, von oben her, »*wie* heißen Sie?«

»Tschenett.«

»Wo haben Sie so schreckliche Namen her, hierzulande?«

»Es ist keltisch, gewissermaßen.«

»Oh! Keltisch!« sagte die Dame. »Der Meister, mein Mann, hatte eine so hohe Meinung von allem Keltischen.«

»Tristan!« sagte Dr. Tschenett und verdrehte die Augen.

»Pst!« sagte die Dame, »*der* Name ist so hoch, so hehr, daß wir ihn gar nicht aussprechen. Aber heutzutage trampelt ja alle gemeine Welt das Hohe und Erhabene mit Füßen. Jetzt führen sie den ›Parsifal‹ schon in New York und in Amsterdam auf und verdienen ein irrsinniges Geld damit. Kommen Sie, begleiten Sie uns ein Stück. Wir suchen Fidis Hund.« Dr. Tschenett lief um die hohe Dame herum, um an ihre linke Seite zu kommen. »Dabei hatte der Meister bis an seine letzte Stunde nur den *einen* Wunsch: daß dieses Werk wenigstens, wenn es schon bei den anderen nicht möglich war, Bayreuth vorbehalten bleiben sollte. Nur in Bayreuth, nur bei uns ist die wahre Würde, die gleichsam kosmische Erhabenheit, die einzig dieser Tondichtung gemäße Weihe gewährleistet. Und dann sehen wir ja keinen Pfennig von dem, was die in New York und so weiter einspielen!«

Dr. Tschenett nickte in einem fort.

»Anfangs ist es uns dadurch gelungen, das Werk für Bayreuth vorzubehalten, daß wir die Partitur nicht herausgegeben haben. Aber stellen Sie sich vor: da hat doch dieser Dr. Strecker von denen Brüdern, den Schott, dieser Strauchdieb, anders kann man gar nicht sagen, meinem Sohn Fidi eine förmliche Falle gestellt. Spricht er nämlich nicht auf offener Straße den Ahnungslosen an und bittet ihn um die Erlaubnis, eine Taschen-Studienpartitur des ›Parsifal‹ herausgeben zu dürfen. Der gute Fidi sagt, was er alles sagt!, wenn man auf ihn nicht aufpaßt, sagt, was glauben Sie? sagt: ›Ja.‹ Und bevor ich noch nach Mainz telegraphieren und die Erlaubnis zurückziehen konnte, haben diese Straßenräuber das Hohe Werk schon in tausend winzigen kleinen Studienpartituren ausgeliefert gehabt. Daraus haben diese anderen Banditen dann eine große Partitur und die Stimmen abgeschrieben, und so fort ... Und jetzt? Man fällt uns natürlich auch in den Rücken. Die Aufführung in New York dirigiert *wer*, glauben Sie? Mottl, von dem wir geglaubt haben, er wäre ein Treuer!«

»Schrecklich«, sagte Dr. Tschenett.

»Nichts wie Ärger. Alle versuchen den Hohen Meister in den Koth zu ziehen. Hat doch dieser gewiß jüdische Kommerzienrat Leichner in Berlin die Stirn ... wissen Sie, wer Leichner ist?«

»Nein, Maje ...« Dr. Tschenett hatte sich im letzten Moment vor einer unbedachten gewaltigen Anrede zurückgehalten.

»Leichner stellt Salben her und Schminke fürs Theater. Er hat, sagt er, ein Riesenvermögen vom Theater dadurch verdient. Jetzt wollte er demjenigen, dessen Stücke am meisten Schminke brauchen, sagt er, es ist doch unbeschreiblich niedrig, ein Denkmal stiften: dem Meister, meinem Mann. Wir konnten es nicht verhindern: das schmutzige Denkmal steht! Nichts wie Ärger! Und jetzt ist noch Fidis Hund, das gute Tröpfchen, heute nach dem Frühstück davongelaufen!«

»Ja«, sagte Dr. Tschenett, »der Frühling.«

»Wenigstens gibt es aber hie und da auch Freuden, kleine Aufmerksamkeiten, die einen über den Kummer hinwegtrösten. So bekomme ich, stellen Sie sich vor, heute die Nachricht, daß mir der österreichische Botschafter in Rom das letzte Waschwasser, das der Meister in Venedig benutzt hat, durch einen Archäologen hat suchen lassen. Tatsächlich war es im Palazzo Vendramin aufgehoben worden und geht mir demnächst – kostenlos – im Originallavoir zu. Eine große Haltung von dem Botschafter, nicht?«

»Oh«, sagte Dr. Tschenett, »wenn die Bozner Wagner-Gemeinde ein, nur *ein* Reagenzgläschen voll davon ihr eigen nennen könnte...«

»Sind Sie wahnsinnig?«

»Verzeihung.«

»Mamma!« schrie Fidi, »Tröpfchen!«

»Wie, Tröpfchen, wo?«

»Dort«, sagte Fidi. »Ein Herr führt ihn am Halsband zu uns.«

»Oh«, sagte Dr. Tschenett, »ich kenne den Herrn, ein anderer hoher Gast unserer Stadt, der Herr Ritter von Possart...«

»Habe ich es doch geahnt!« schrie die weiße Dame.

»Was tun wir?« fragte Fidi.

»Wir drehen um«, sagte die Hohe Mutter.

»Aber das arme Tröpfchen?«

»Gehört der Hund Ihnen?« schrie der immer noch tief gebückt daherkommende Ritter von Possart, tief gebückt, weil er den zornigen Hund ohne Leine am Halsband führen mußte.

»Lassen Sie ihn los, er gehört uns!« schrie Loldilein.

Ritter von Possart ließ den Hund los; er sprang an Herrn Fidis Beinen empor, während die anderen, mit Ausnahme des Dr. Tschenett, eilig sich umgedreht hatten und wieder auf die Stadt zuschritten. Auch Fidi verschwand bald mit dem Hund am Arm hinter dem nächsten Baum.

Ritter von Possart wischte sich die Stirn.

»Märkwürdige Gesellschaft! hm, hm – sagen Sie«, wandte er sich an den unglücklich dastehenden Dr. Tschenett, »wär war denn das?«

Dr. Tschenett beugte sich zum Ohr des Ritters und flüsterte zwei Wörter.

»Äntsätzlich«, sagte Possart. »Kännen Sie das, was diesbäzüglich Härr von Bülow gesagt hat, wie man ihn seinerzeit fragte, warum är, der Meisterinterpret des Meisters, nie nach Bayreuth käme?«

»Nicht, daß ich wüßte.«

»Wänn ich nach Bayreuth ginge, sagte Bülow, wär garantiert mir, daß mir Wagner nicht meine zweite Frau wegnimmt und mir die ärste zurückgibt?« Possart lachte, Dr. Tschenett blieb stumm.

Das nachthemdartige Griechengewand der Isadora Duncan, die bloßfüßig umherhüpfte zwischen den eigenartigen grünen Bänken mit den hohen gußeisernen Lehnen (die man hin- und herklappen konnte, je nachdem, ob man mit dem Gesicht zur Talfer oder aber gegen die Stadt gekehrt sitzen wollte), das wallende Kleid der Hohen Mutter, der blendend weiße Stehkragen Fidis und die Zopfkrone Loldis waren hie und da zwischen dem tiefhängenden Laub der Bäume auf der Promenade sichtbar, die jetzt vom Radau des wiedergefundenen Foxterriers erfüllt war, der, seiner Rasseeigenheit gemäß, sein Gebell nicht zwischen Freude und Zorn zu nuancieren verstand.

Fichte und die Ferkelmaus
oder: Ist der Mond eßbar?

Es war einmal eine sternklare Nacht im Oktober. Das Abendessen selbst für kleine Kinder wurde bereits bei Mondlicht serviert. (Das soll nicht heißen, daß es in dem bescheidenen Haus kein elektrisches Licht gegeben hätte. Draußen – draußen herrschte Mondlicht, letztes Viertel, abnehmender Mond.)

Der Vater las: »Fichte und die Ferkelmaus. Naturkundliche Nachträge zur Philosophie des deutschen Idealismus.« (Von Zwi Ygdrasilović.)

Das Kind sagte: »Mammi, schau...«

»Sei still.«

Die Mutter las eine Kurzgeschichte im ›Haarmann‹ – offizielles Organ des Verbandes Altbayrischer Kannibalen e. V. – (Vater, Mutter und Kind waren keine Kannibalen. In die – im übrigen schon ältere – Nummer des ›Haarmann‹ hatte die Krämerin das Paket Sternchennudeln eingewickelt.) Das Kind: »Mammi, aber –«

»Ruhe!«

Der Vater: »Ein kluger Kopf, dieser Ygdrasilović.«

Die Mutter: »... statistische Erhebungen über den Inhalt von Aktentaschen, die auf der Straße herumgetragen werden. 37,6% der Aktentaschen enthielten nichts; 22,18% enthielten Butterbrote mit oder ohne Aufstrich, Obst oder Tomaten; 4,4% enthielten Beißzangen, Schraubenzieher oder ähnliches; 4,13% schmutzige, 3,39% saubere und 1,1% Damen-Unterwäsche. Nur 0,8% der Aktentaschen enthielten Akten.

Einige Auskünfte aus dem repräsentativen Querschnitt waren nicht verwertbar.

Gunther K., zum Beispiel, der auch in die Befragung geriet, antwortet: ›Ich habe ein abgeschnittenes Menschenbein in meiner Aktentasche.‹

Der Befrager lächelte.

Zu Hause, in seiner bescheidenen Wohnung, öffnete Gunther K. seine Aktentasche und legte das Menschenbein auf den Küchentisch. Der Metzger hatte es in eine ältere Nummer des ›Feigenblattes‹, Organ des Vereins zu Erforschung des Spruches ›Heil dir, Sonne, heil dir, Licht!‹ e. V. gewickelt. Jetzt lächelte Gunther K.«

Das Kind: »Pappi, schau, der Mond ist gerade zwischen meinen Sternchennudeln.«

Die Mutter: »Halt's Maul.«

Der Vater: »Tatsächlich. Der Reflex des Mondes ... durchs Fenster ...« – wendet sich wieder ›Fichte und die Ferkelmaus‹ zu – »... in der Suppe ...«

Das Kind: »Kann man den Mond essen?«

Die Mutter: »Unsinn.«

Das Kind: »Und wenn ich will und Will und WILL und WWIILL?«

Die Mutter: »Nein. Auch dann nicht.«

Der Vater: »Ein verdammt kluger Kopf, dieser Ygdrasilović.«

Das Kind schluckte.

Die Mutter, gelangweilt: »Ja. Ja.«

Das Kind würgte und wurde blau im Gesicht.

Die Mutter: »Was hat es?«

Der Vater – abwesend –: »Ach, das habe ich auch noch nicht gewußt: eine Ferkelmaus, das ist ein Meerschweinchen.«

Das Kind erstickte an den scharfen Hörnern des Mondes, die sich im Hals verspreizt hatten.

Eines Klassizisten Wanderung in herbstlicher Gegend *(Studie)*

Erste Station

Ein wirklicher Romantiker ist, wer sich als einen Klassizisten bezeichnet und wer seine Erlebnisse und Denkwürdigkeiten in einer je trockeneren Manier aufschreibt, je poetischer der denkwürdige Gegenstand oder der erlebte Tag ist, und wenn möglich mit einem Anschein von Wissenschaftlichkeit.

Unter solchen Gedanken und unter noch anzuführenden weiteren Überlegungen trat der Titelheld dieser Studie, der Dichter und Klassizist Friedrich Weber, seine Wanderung an.

»Die klassizistische Poesie blüht nur mehr in den Städten, und die Orpheuse des Pflasters, die Troubadoure mit der Benzinlaute verkörpern die moderne Romantik.«

Auch Weber selbst, der Klassizist, war eine Blüte der Großstadt und verachtete, wie der französische Adel, das Landleben; »vielleicht aus dem Grund, weil es für einen Dichter grundunanständig ist, sich Ferien zu machen«. Dies die weitere Überlegung des Herrn Friedrich Weber, während er die herbstliche Wanderung bereits angetreten hatte und auf der See-Straße binnen fünf Minuten aus der kleinen Stadt hinausgekommen war.

Es ist für einen Dichter grundunanständig, Ferien zu machen. Nicht moralische Bedenken (die der zeitweiligen Vernachlässigung seiner Pflichten gegen die Welt), nicht geldliche Rücksichten spielen in der Verwerflichkeit der Ferien eine Rolle, sondern hauptsächlich die Bedenken, daß der ein Dichter nicht sein kann, der Ferien macht, und zwar Ferien in dem Sinn, daß er alles Berufliche, alles Dichter-Berufliche von sich nimmt, für kurze Zeit die Atlas-Last einem anderen oder sie sich selber überläßt und, sei es auch nur für einen Tag, normaler Mensch ist. Der Dichter ist nie normaler Mensch. Ein Arzt vielleicht oder ein Spengler erlebt zum Beispiel einen Sonnenuntergang – oder den herbstlichen Nachmittag des mittleren, sonnigen Oktober, durch den der Dichter im Überlegen geht – für sich privat. Ein Dichter aber kann nichts für sich erleben, es bemüht sich in ihm, wenn er sich nicht selbst bemüht, stets der Genius, alles Erlebte zu verwerten, ja die Erlebnisse überhaupt immer nur in Hinsicht auf eine spätere Verwendung in einem Werk zu erleben. Er sieht den Sonnenuntergang nicht als Sonnenuntergang wie der übliche Mensch, sondern als Bestandteil einer Novelle, einer Studie, oder gar schon als Korrekturfahne. Private Erlebnisse gibt es für einen Dichter nicht. Seine Phantasie erfreut sich an nichts für ihn selber.

So waren die Gedanken des Dichters und Klassizisten Friedrich Weber, während er auf der See-Straße der kleinen Stadt N. im Bezirk N. N. nach Norden spazierte. N., die Stadt N. ist eine Kur- und Sportstadt, vorzüglich für den Wintersport ausgezeichnet durch die Lage im Gebirge N. N. N. In den umliegenden Bergen sind durch zwei große Seilbahnen über hundert Ski-Abfahrten erschlossen worden; vorzüglich geeignet aber auch für den Sommer-Fremdenverkehr durch den heilkräftigen Moor-See, zu dem die See-Straße, auf der Herr Weber ging, führte, hervorragend auch durch die eisenhaltigen Quellen und durch ein Spielcasino.

Mitte Oktober aber ist »tote Saison« in N., und kein Mensch fährt hierher. Die Einwohner von N., die N.er, wissen in der »toten Saison« nichts mit sich anzufangen, die Hotels, Bars, die Seilbahnen, das Kino und sogar die Kirche sind geschlossen, jede Unterhaltung ist abgeblasen, die Zurüstungen für die Wintersaison noch verfrüht. Herr Weber vermutet, daß die Leute von N. über die »tote Saison« hinüberschlafen.

Im ganzen überholten den Dichter auf der allmählich Landstraßen-Charakter annehmenden See-Straße drei

Automobile, alle drei mit einheimischen Nummern. In der Hochsaison hätten ihn hier hundert Automobile mit Nummern internationaler Konvenienz überholt. Aber der Dichter Weber suchte die Ruhe, und sein heutiger Spaziergang, seine Wanderung sollte eine eigentlich verbotene, rechte Ferienwanderung sein, und der Dichter hatte es sich selbst und seinem Genius verboten, irgendeinen Gedanken an irgendeinen Gebrauch des heute zu Erlebenden zu machen. Eine rein private, außerdienstliche Wanderung sollte unternommen werden.

Die erste Station – eine rein zufällige Station, denn nichts in der Wanderung war geplant, und der Dichter wollte im wirklichen Sinn des Wortes »sich gehen lassen« –, die erste Station der Wanderung war eine Bank, kaum vom Ufer des N.er Moor-Sees entfernt. Er hatte sie, einem Nebenweg der See-Straße und dem stillen Nebenweg in einigen Kurven folgend, erreicht.

Der Dichter setzte sich. Auf der Banklehne stand mit drei Buchstaben eingebrannt: V. V. N., das heißt: Verschönerungsverein N. Zweige von wilden Brombeeren und Holunder, in Form einer natürlichen Laube, überwucherten die Bank. Gelegentliche Ameisen krochen unangenehm motorisch-geschäftig auf des Dichters Rockaufschläge. Vom Seeufer trennte die Bank zunächst der schmale weiße Weg, dann ein Zaun, der wie die Bank mit wilden Sträuchern überwachsen war. Hinter dem Zaun, bis zum ungenauen Seeufer war Moor-Sumpf. Die Farbe des moorigen Sumpfes war herbstlich brand-orange. Nur Birken wuchsen im Sumpf. Die schrägen Strahlen der Sonne ließen ihre wenig beständigen, kleinen und lichtgelb verdorrten Blätter silbrig erscheinen, warfen die schwarzen Schatten ihrer Stämme aber weit über das orangenfarbene Moor.

Herr Weber war entzückt. Privat, nicht als Dichter. »Wer wollte da nicht lyrisch werden?« dachte er. Aber schon schien der Gedanke ihm zu nahe an ein heute verbotenes Gebiet zu führen, und so achtete er lieber auf das eigenartige Geschrei eines Vogels. »Schau, schau«, dachte der in der Naturkunde nicht bewanderte Dichter, »wenn man nicht wüßte, daß dieses dissonante, fast möchte man sagen...« Herr Weber suchte einen Ausdruck und lauschte auf das Geschrei des Vogels, »... metallische, ja ungeölte ...« das war der Ausdruck! »... ungeölte Geräusch der Laute vielleicht der Liebesgesang eines Vogels ist, würde er stören. Aber so, als Natur empfunden, ist er geeignet, die Stimmung, sogar, so merkwürdig es klingt, die Stille hier ringsum zu heben. Wie unendlich wichtig sind doch Bezüge!« Diese Gedanken erlaubte sich Herr Weber, weil er sie als dichterisch unverbindlich, eher naturphilosophisch betrachtete, außerdem wurde er bald unterbrochen, als der Motorroller auftauchte, von dem das Geräusch herrührte. Obwohl damit, theoretisch, die Harmonie der Natur wiederhergestellt worden wäre, wandte sich Herr Weber von seinem tiefsinnigen Gedanken ab.

Der Motorroller, von einem Mann in einem Ledermantel gelenkt, fuhr, vorsichtig mit vielen Lenkbewegungen den Löchern und groben Steinen des Weges ausweichend, an der Bank vorbei.

Der Dichter war unterbrochen in seiner Betrachtung. Er stand auf, pflückte ein verwelktes Blatt von einem wilden Busch neben der Bank und ging langsam hinauf zur

zweiten Station

Auch die zweite Station war eine Bank. Herr Weber, der die hiesige Gegend um N. im Bezirk N. N. gut kannte, konnte sich nicht erinnern, jemals den Weg, an dem die zweite Bank lag, gegangen zu sein. Es war aber eine alte Bank, keine neulich erst aufgestellte. Die Gedanken an die Dichtkunst, berufliche Überlegungen, ließen sich aus Herrn Webers Kopf nicht mehr entfernen. – Wer wollte da nicht lyrisch werden? hatte er gedacht. Und er beschäftigte sich, während er den Weg nahe am Seeufer bis zur jetzt verlassenen Badeanstalt weiterging (wo der Motorroller von vorhin abgestellt war), beschäftigte sich mit einem alten Lieblingsplan, ein lyrisches Gedicht zu schreiben.

»Ein lyrisches Gedicht schreibt man nur mit dem klaren Verstand«, war seine erste Forderung an sich. – Die Zeit der nebulosen Dichter ist vorbei. Und die zweite Forderung: je kürzer ein lyrisches Werk ist, desto wichtiger ist das einzelne Wort darin. In einer Studie, wie der vorliegenden, mag ab und zu ein unüberlegtes Wort stehen, nicht aber in einem Gedicht, das vielleicht nur vierzig Wörter hat. Es muß deshalb vor allem, und bevor man daran denkt, ein lyrisches Gedicht zu schreiben, die Funktion der Wörter geklärt sein.

Herr Dichter Weber unterbrach seine Überlegung, um sich über den Weg zu orientieren. Denn neben seinen angeführten, nahezu monologisch gesprochenen Gedanken war in seinem Kopf eine sozusagen kontrapunktische Nebenstimme. Als er von der ersten Stationsbank weggegangen war, hatte er zwischen zwei Wegen zu wählen gehabt: der Nebenweg zur See-Straße, den der Roller gefahren war, oder ein neuerlicher Neben-Nebenweg, der einige Schritte nach der Bank hinaufführte. Der Dichter Weber hatte sich für den Neben-Nebenweg entschieden und gedacht: »Das ist für mich symbolisch, wie ich den steilen Weg nehme und nicht den flachen; ich werde sehen, wohin mich der steile Weg führt, wie ich sehen werde, wohin mich mein Lebensweg führt.« Aber der schmale Weg war nichts als ein tatsächlicher Nebenweg zum flachen, zwar höher gelegen, aber nur durch eine Reihe von Busch-Gruppen von ihm getrennt. Er führte anfänglich steil hinauf, aber später genauso steil hinunter, und ohne eine Abzweigung mündete er wieder in den flachen Weg, und der Dichter war zuletzt dort, wo er am Ende des verschmähten Weges auch gewesen wäre.

So unterbrach der Dichter seine monologischen Überlegungen zugunsten der damit hervortretenden kontrapunktischen Unterstimme und leugnete und verwarf zunächst die vorhin so stolz angenommene Symbolkraft des eingeschlagenen Weges.

Er drehte sich um und nahm einen letzten Blick vom herbstlichen glatten See. Eine S-Linie trennte die Oberfläche des liegenden Spiegels, hervorgerufen durch geheime, naturkräftige Wasserströmungen und Wärmegefälle. Das Wasser erschien links der S-Linie fast schwarz und zeigte, daß es moorhaltig war, rechts der S-Linie aber war es hellgrün, bitter-grün, zart, leuchtend, mit weißen Reflexen durchfahren.

Der Dichter Friedrich Weber stieg nun entschlossen einen treppenartigen Weg hinauf, der, steinig und von zwei hohen Zäunen und Apfelbäumen gesäumt, jetzt ebenfalls verlassene Restaurant- und Raststätten, die weiter oben standen, mit dem Fahrweg verband. Kein Mensch war um die Häuser, und in der verschlossenen Glasveranda des unteren konnte Herr Weber sehen, wie innen die roten Gartentische wie auf einem Dachboden aufeinandergestellt waren. Das war die »tote Saison«.

Herr Weber nahm seine Überlegungen wieder auf, während er zwischen den Apfelbäumen hinaufstieg. – »Es gibt dreierlei Funktionen der Wörter in einem lyrischen Gedicht, hauptsächlich. Da ist einmal die rhythmische Funktion. Nicht nur, daß es Füllwörter gibt, die eine Verszeile metrisch vervollständigen, sondern rhythmisch bestimmende Wörter, die den Takt angeben, von einem bedeutenden prosodischen Wert, die für irgendeinen Versfuß charakteristisch sind, zum Beispiel das Wort ›gegeben‹ oder ›antwortete‹. Ähnliche Funktionen haben Reimwörter,... wenn man noch gereimte Gedichte schreiben will.

– Dann ist eine weitere Funktion des Wortes die stimmungsmalende: ›blau‹ mit dem runden au oder ›die Ferne‹. Stark elementar stimmungsmalend, Assoziationen hervorrufend sind Begriffe, die dem Konzept des ganzen Gedichtes entgegenkommen: ›der Weißdorn‹, zum Beispiel. Dieses Wort gibt eine Atmosphäre vornehmer Resignation oder ländlicher Zurückgezogenheit. Will ein Dichter diese Stimmung beschreiben, so muß er in das Gedicht eine Weißdorn-Hecke mit einbeziehen. Evident stimmungsbildend sind heute noch ›Mond‹ und ›Nachtigall‹, oder sind es schon wieder, oder ›Paris‹ und ›Venedig‹.

– Endlich gibt es eine beschreibende oder berichtende Funktion des Wortes, der epische Rest in jedem Gedicht.

Mag das einzelne Wort seiner Art und seiner Struktur nach mehr der einen dieser Funktionsarten zuneigen oder mehr der anderen, grundsätzlich kann es alle drei erfüllen, sogar gleichzeitig.«

Der Dichter unterbrach wieder seine Überlegungen. Er war furchtbar erschreckt worden, denn eine Kuh war vor ihm aufgetaucht. Im allgemeinen pflegte Herr Weber fern sich ankündigenden Kuhglocken aus dem Weg zu gehen, er fürchtete größeres Hornvieh, nicht nur die Stiere, sondern auch die Kühe. Die Kuh, die ihm jetzt den – wieder breiter gewordenen – Weg versperrte, trug keine Glocke, und der Dichter war ihr plötzlich, ungewarnt gegenübergestanden.

Die Kuh schaute den Dichter an, hörte aber nicht auf, dabei im langsamen Gehen Gras zu rupfen. Der Dichter schaute die Kuh an und warf das Blatt von sich, das er vorhin vom Busch an der Bank gebrochen. Auch er ging langsam, ohne einen Blick von ihr zu lassen, je schneller aber ging er, je weiter er sich von ihr entfernte, und als er die ersten Erlenbäume erreicht hatte, die den Weg von der Stelle an einfaßten, begann er zu laufen. Die Kuh hörte auf, Gras zu rupfen, und schaute dem Dichter mit erhobenem Kopf nach, links und rechts aus ihrem Maul hing noch ungekauter Klee.

Der Dichter Weber bewegte sich wieder in Richtung auf die Stadt, aber mitnichten wollte er in sie zurückkehren. – »Ich gehe über Schloß L. und werde meine lyrischen Betrachtungen im Anblick des weißen Schlosses fortsetzen.« Aber der Dichter verfehlte den Weg. Der Weg, den er eingeschlagen hatte, war eben der, den er sich nicht erinnerte je gegangen zu sein, und er bemerkte den Irrtum bald, korrigierte ihn aber nicht, weil er »sich gehen lassen« wollte und weil er neugierig war, wohin er ihn führte. An diesem Weg lag die Bank der zweiten Station. Der Weg ging wieder von der Stadt weg noch höher hinauf in den Wald. Zwischen der Bank der zweiten Station und dem See, dessen trennende S-Linie verschwunden war und dessen beide Farben sich zu einem grünlichen Schwarz gemischt hatten, das die Sonne bis auf den Grund zu durchleuchten schien, lag vor ihm eine breite, aber nicht tiefe Talsohle, die er umgangen. Dort weideten noch andere Kühe. Der Dichter fühlte sich wohl in dem Bewußtsein, daß selbst eine wildgewordene Kuh den Abhang, auf den er hinunterschaute, schwerlich würde erstürmen können. Herr Weber blieb nur kurz auf dieser Bank sitzen. Er nahm den Anlaß zu gehen, als ein sehr altes Paar, einen beladenen Leiterwagen ziehend, von einem ländlich-fetten Spaniel begleitet, vorbeikam. So stand Herr Weber auf, grüßte die Alten und ging den Weg weiter hinauf zur dritten Station. Die Sonne wärmte ihm den Rücken.

Dritte und auch vierte Station

Die dritte Station war wie die beiden ersten eine Bank. Aber anders als bei den vergangenen Bänken benutzte sie Herr Weber nicht zum Sitzen, sondern nur als Anblick. Der ästhetische Wert ist vielfach dem praktischen Wert entgegengesetzt. Praktisch war die dritte Bank kaum noch von Nutzen, obwohl sie zweifellos wie die anderen auch vom Verschönerungsverein N. zum Hinsetzen aufgestellt worden war. Sie war ungepflegt und zeigte keine eingebrannte Aufschrift. Was Herrn Weber von der Benutzung der Bank in praktischer Hinsicht abhielt, ihr Zustand, der es vermuten ließ, sie breche unter geringster Last zusammen, der Zustand des Rasenstückes vor der Bank, das ein Sumpf war, aus dem gelbe Halme langstengelig wuchsen, um die Wespen und Sumpffliegen brummend kreuzten, verlieh der Bank den ästhetischen Wert und veranlaßten Herrn Weber zu neuem Entzücken sowie zu dem wiederholten Ausruf: »Wer wollte da nicht dennoch lyrisch werden!« Er spitzte die Lippen und ergänzte die optisch-romantische Stimmung, indem er das getragene Waldhornmotiv aus dem ersten Teil der Ouverture zum ›Freischütz‹ pfiff, in Es-Dur, einer romantischen wie auch klassizistischen Tonart. Ob Herr Weber, der nicht über absolutes Gehör verfügte, das namensvetterliche Es-Dur im Pfeifen wirklich traf, ist nicht mehr feststellbar.

»Klassisches Thema der Romantik«, dachte sich Herr Weber (die Formulierung stammte von ihm), »ist das nicht ein Widerspruch? Nein, wenn man innig bedenkt, was ich am Anfang meiner Wanderung überlegt und gesagt habe, und wenn man weiter überlegt, daß nach einer Definition der Romantik alles das romantisch ist, was Sehnsucht erweckt. Die deutsche Klassik, die ein Klassizismus war, ist aber nichts weiter gewesen als eine ständige Sehnsucht nach der Antike, und Goethe hat für das Altertum geschwärmt – Auch ich in Arkadien! – wie der Wagner für das Mittelalter; für das falsche allemal, in beiden Fällen. So war der Klassizismus eine Romantik mit nichts als anderer Sehnsucht, und die eigentliche deutsche Klassik ist dafür die Romantik.«

So überlegte Herr Weber nicht mehr ganz außerdienstlich, wie er sich eingestand. Bald wird er am Ende seiner Wanderung angelangt sein. Zwar ist er noch weit von der kleinen Stadt enfernt. Die beschriebene Bank der dritten Station steht an einer Wegabzweigung, wo ein schmaler Weg – auf einem wie die Bank verwahrlosten Wegweiser ausdrücklich als »Waldweg« bezeichnet – zum sogenannten »L.-berg-Kopf« führt, dem höchsten einer Hügelgruppe, die, im Vergleich zu den Bergen der umgebenden N.er Alpen allerdings Zwerge, dennoch die kleine Stadt mächtig überragten. Diese Wegabzweigung wird Herr Weber einschlagen, aber seine Wanderung wird damit ein Ende haben. Überwältigt nämlich von der eigenen vollständigen Stimmung, beschloß er oder sprach den geheimen und unterdrückt gehüteten Plan vor sich selber aus, seine heutige Wanderung zu beschreiben, unter welchem Titel, war ihm noch ungewiß. (›Buntes Allerlei vom Maler Herbst‹ war sein erster Einfall.) Er hatte damit seine Ferien rückwirkend gestrichen und seine privaten Erlebnisse zu dienstlichen gemacht.

Er betrachtete die Bank und den verwitterten Wegweiser, und er begann ein anderes, ganz anderes, aber wie das erste ein erzromantisches Thema nicht zu pfeifen, aber (dü – damm – da – dü) summend nachzuahmen: das Kopfmotiv aus der Vierten Symphonie von Anton Bruckner. (Auch Es-Dur!) Auswendig wußte er nicht mehr als die Wiederholung dieses Motives mit der Abwandlung der eleganten verminderten Sexte und der aufatmenden neuerlichen reinen Quinte. Er spann es einfach weiter, sicher nicht so gut wie Bruckner, aber immerhin annehmbar. Der richtige Dichter ist immer auch ein Sänger, wie sein antiker Pate Orpheus.

Herr Weber verband dann kühn die beiden gegensätzlichen, erzromantischen Themen zu einem einzigen Melodiengebilde – jetzt dienstlich –, ein Bild, ein natürliches Schauspiel, das ein anderer ›Apotheose des Herbstes‹ genannt hätte. Wie von tausend Schleiern verhängt ragten im Dunst, den selbst die mittägliche Sonne des Herbstes nicht aufzulösen imstande war, die runden, bewaldeten Berge. In den matten Farben Steingrau, Nebelblau und Stumpfgrün spielten sie den Widerpart zu den Bergwiesen, die vom schrägen Licht leuchtend rot, grün oder wie mit grobem Stift von fahlgelben Tönen stellenweise überwischt waren. Der näher stehende Wald färbte sich nahezu schwarz, und aus dem wenn auch flachen Tal stieg kostbarer Dunst wie Filigran, und nur einige Fichten, zwei oder drei, in kulissenhaften Formen, mit Konturen von wie willkürlich geschnittenen Wedeln, überragten den Dunst mit ihren hohen roten Stämmen.

»›Buntes Allerlei vom Maler Herbst‹ ist doch nicht der richtige Titel, sagte der Dichter zu sich, ich nenne das zukünftige Werk eine *Studie,* und ich gebe ihm, wenn mir nichts anderes einfällt, überhaupt keinen Titel.

Das einfachste wäre aber, die Wanderung vom ersten Schritt bis zum letzten nur genau zu beschreiben: mit einem Anfang wie: „Des fünfzehnten ging ich aus N., einer kleinen Stadt im Bezirk N. N., auf der Richtung nach dem N.er See", und weiter mit dem erwähnten Anschein von Wissenschaftlichkeit und Schöngeisterei; erwähnte vielleicht meinen alten Gedanken, daß „der Herbst des Jahres Barock" sei, und etwas Melancholisches wie: „ich höre das schrille Sterben der Schwäne...", et cetera et cetera...«

Die Wanderung war hier abgeschlossen, und der kurze Fußmarsch des Klassizisten durch die herbstliche Gegend nichts mehr als ein Zweck, an den Schreibtisch zu kommen, um die geplante Beschreibung auf das Papier zu setzen. Es bliebe für jetzt – für die Studie des Autors, nicht für die des Herrn Weber – nichts mehr zu berichten, wenn es, trotz allem, nicht noch eine vierte Station gegeben hätte. Sie war keine Bank, im ästhetischen Sinne nicht und nicht im praktischen, kein Wegweiser, und überhaupt kein totes Ding, sondern eine Holzsammlerin, die von Herrn Weber willkürlich als Station – in allen Ehren, es war eine sehr alte Holzsammlerin – gewählt worden war. Denn er hatte – oder es hatte in ihm – bereits begonnen, nach einer Einteilung zu suchen, und nachdem drei bemerkenswerte Punkte gefunden waren, dachte es sich Herr Weber als schön und abgerundet, einen vierten zu finden, denn vier Sätze hat eine Symphonie.

Herr Weber war auf der Höhe des »L.-berg-Kopfes« angekommen. Die Holzsammlerin sammelte, wie nicht anders zu erwarten, Holz. Sie achtete nicht auf Herrn Weber und ahnte nichts von der Bedeutung, die er ihr zugeteilt hatte.

Schon eilig und eher pflichtgemäß als aus Bedürfnis, schaute sich der Dichter Weber von der Höhe des »L.-berg-Kopfes« aus um und prägte sich ein, wie die schrägen Sonnenstrahlen, an manchen Stellen dicht wie ein Sperrfeuer, die bis hoch hinauf astlosen, lilagrauen Fichtenstämme streiften, unter denen das gebückte Weiblein krabbelte.

Ich hoffe, dachte sich der Dichter Weber im Weggehen, ich hoffe nur, dachte er und blickte einmal zurück und einmal nach links ins frisch Aufgeforstete, das gegen den tiefen Wald wie lichtdurchdrungenes, seichtes Ufergewässer erschien – ich hoffe nur inständig, sagte er zu sich, daß unten auf der Schloßwiese keine Kühe weiden.

Die Kuh, und vor allem die eine Kuh werde ich in meiner Studie keinesfalls erwähnen, es fehlt diesem Gegenstand an Würde. Die Liebe zum übertriebenen Detail, zum Stilleben, ist eine Angelegenheit der reinen Romantik, ja, um wieder paradox zu sein: ist der klassische Unterschied von Klassizismus und Romantik. Sie, die Romantik, kennt keine Würde des Gegenstandes, mit gewissen Augen betrachtet: keine Grenze des Geschmackes. Das heißt aber nicht, daß sich nicht auch der Klassizist (Anschein der Wissenschaftlichkeit!) zur Blume am Weg hinabbeugen dürfte, um festzustellen, ob es nicht etwa eine wilde Pimpinelle sei, und daß er nicht ein herbstlich rotes Blatt in die Hand nehmen dürfe, um es zu zerdrükken und in den wiedergeöffneten Fingern den bröseligen Staub zu betrachten. Ich werde, schloß der Dichter Friedrich Weber, als er am Fuß des »L.-berg-Kopfes« und ins Angesicht der kleinen Stadt mit den drei Kirchtürmen gelangt war: ich werde einfach meine kleine Studie ›Eines Klassizisten Wanderung in herbstlicher Gegend‹ heißen. Und der Verfasser, oder der zukünftige Verfasser, ging auf dem breiten, leicht abwärts führenden Weg der Stadt zu, und die Sonne wärmte ihm jetzt das Gesicht.

Soziologische Situation des Vampirs

Die Neuauflage von Bram Stokers ›Dracula‹ vor einem Jahr und jüngst die seines Novellenbandes Bram Stoker, ›Draculas Gast‹, sechs Erzählungen, Zeichnungen von Peter Neugebauer (Zürich 1968, Diogenes Erzähler Bibliothek), der Film – in dem vor allem der englische Schriftsteller Peter Cushing mit seinen vielen Verkörperungen von Vampirjägern unvergeßlich ist – und nicht zuletzt die Bemühungen des vielleicht bedeutendsten Draculisten unserer Zeit: H. C. Artmann, haben der Kenntnis um vampirische Dinge weltweiten Aufschwung gegeben. Nun hat – leider noch nicht in deutscher Übersetzung – der durch seine Forschungen über Friedrich II. von Preußen bekanntgewordene Professor Zwi Ygdrasilović eine Untersuchung veröffentlicht, die geeignet ist, eine bisher schmerzliche Lücke sowohl in der Vampirologie als auch in der Soziologie zu schließen. Dieses Werk, das unter dem Titel ›Tusks – And What Else?‹ im Verlag Goosskin & Spasm Ltd. London erschienen ist, bringt eine Fülle von Material zu dem in der Überschrift dieses Artikels bezeichneten Thema. Ygdrasilović' Buch richtet sich allerdings ausschließlich an den wissenschaftlichen Leser. Der Stil des Buches ist spröde, den auch die gewiß wertvollen, seitenlangen Tabellen und Übersichten nicht aufzulokkern vermögen. So soll hier versucht werden, für den interessierten Laien die wichtigsten Gedanken Ygdrasilovićs' in allgemeinverständlicher Form zusammenzufassen.

Ygdrasilović hat zusammen mit einem Team von Assistenten in insgesamt achtunddreißig Ländern, darunter auch solchen des Ostblocks, Daten gesammelt. Über zweitausend Vampiren – in der Mehrzahl englischen, deutschen und französischen, aber auch einem liechtensteinischen – wurden Fragebogen vorgelegt. Die Antworten wurden durch einen Computer ausgewertet. Die profunde Sachkenntnis der Ygdrasilovićschen Arbeitsgruppe erhellt nicht zuletzt daraus, daß zwei der Assistenten selber Vampire sind, ein weiterer im Laufe der Untersuchungen Vampir wurde.

›Tusks – And What Else?‹ ist ein völlig unpolitisches Buch. Dennoch konnte sein Verfasser nicht umhin, es nach unseren gesellschaftspolitischen Gegebenheiten zu gliedern. Es zerfällt demnach in zwei Teile: I. Der Vampir im Ostblock, und II. Der Vampir in der kapitalistischen Konsumgesellschaft.

In Rumänien, wo die ursprüngliche Heimat des Vampirs zu suchen ist, gibt es heute so gut wie keine Vampire mehr. Das Grafengeschlecht der Dracula – das von dem legendären Urdracula abstammt, welche Figur sich um die historische Persönlichkeit des Hospodars Vlad IV. Basaraba, genannt »der Mönch« (von 1477 bis 1481 Fürst der Walachei), rankt, dessen Bildnis von unbekannter Hand heute in der Sammlung von Schloß Amras hängt –, dieses sagenumwobene Grafengeschlecht ist schon vor dem Zweiten Weltkrieg aus Rumänien emigriert. Ein letzter Abkömmling lebt heute in Detroit als Generalagent für Dosenblutwurst. Die eigentliche, engere Heimat des Vampirs ist jedoch Siebenbürgen. Bei der Auflösung des siebenbürgischen Landtages (nach der Integration des ehemals selbständigen Großfürstentums Transsilvanien in das Königreich Ungarn im Jahre 1867) waren achtzehn Mitglieder dieses Gremiums Vampire. Noch nach dem Anschluß an Ungarn stellten die Vampire einen Anteil von zeitweilig über zehn Prozent der siebenbürgischen Abgeordneten im ungarischen Reichstag. Bis 1919 war der Obergespan des Hermannstädter Komitats regelmäßig ein Vampir. Dieser, an heutigen Verhältnissen gemessen, paradiesische Zustand für Vampire änderte sich, als Siebenbürgen 1919 durch den Frieden von Trianon zu Rumänien kam, wo der – obwohl von der Schwäbischen Alb stammend – nüchterne König Ferdinand ein vampirfeindliches Regiment führte. Schrecklich wurde es aber erst nach dem Zweiten Weltkrieg. Nach anfänglicher ideologischer Unsicherheit – die meist adeligen Vampire galten zwar als Blutsauger, konnten aber nachweisen, daß sie ausschließlich vom Blut entweder ihresgleichen oder aber des bürgerlichen Standes, nicht jedoch vom Arbeiter- und Bauernblut gelebt hatten – wurde ein großangelegtes Vampir-Pogrom entrollt. Mit dem für Vampire unerträglichen Knoblauch bewaffnet, Kreuze (ebenfalls ein Vampir-Abschreckmittel) vor sich hertragend – man denke: kommunistische Funktionäre, die sich nicht scheuten, Kreuze vor sich herzutragen! –, stürmten die aufgeputschten Horden die Grüfte, rissen die Vampire, die ja am Tag fast wehrlos sind und das Tageslicht nicht vertragen, aus ihren Särgen und schleppten sie zu Tausenden an die Sonne, wo sie unter gräßlichen Qualen versengten und verschmorten. Kaum einer entkam.

Nicht viel besser ist die Lage der Vampire in den übrigen sozialistischen Staaten. Die Tatsache, daß ein armenischer Vampir, der Genosse Gagik Smbatewitsch Achmeteli, Abgeordneter im Obersten Sowjet und ein anderer, Panteleij Gennadewitsch Kapuzow, Landesmeister im Dreibeinlauf der Autonomen Turkmenischen Sozialistischen Sowjetrepublik ist, darf nicht darüber hinwegtäuschen, daß der Vampir in der sozialistischen Gesellschaft nur mehr eine untergeordnete Rolle spielt.

Die Volksrepublik China endlich, die sich mit dem Problem der jahrtausendealten – übrigens von der abendländischen Entwicklung unabhängigen – Vampirtradition konfrontiert sieht, hat den Vampiren radikalen Kampf angesagt. Es gibt in Peking Pläne, nach denen für die Dauer eines Jahres die Erdumdrehung derart angehalten werden soll, daß in China ein Jahr lang Tag ist. Dadurch sollen die Vampire ein Jahr lang gehindert werden, ihre Gräber zu verlassen, wonach sie verhungern. Ob diese Pläne, denen man wegen ihrer großzügigen Konzeption eine gewisse Achtung nicht versagen kann, jemals zum Tragen kommen, bleibt wohl abzuwarten.

Anders, wenn auch vielleicht nicht günstiger, ist die Lage des Vampirs in der kapitalistischen Gesellschaft. Jahrzehnte-, um nicht zu sagen jahrhundertelang schenkte man den Vampiren kaum Beachtung, was einerseits den meisten von ihnen ziemlich angenehm war, anderseits aber eine äußerst mangelhafte Rücksichtnahme auf die Lebensnotwendigkeiten der Vampire auf so gut wie allen Gebieten des öffentlichen Lebens mit sich brachte. Hie und da wurden Vampire nach dem Aussaugen ihrer Opfer wegen Mordes zu lebenslänglichem Zuchthaus verurteilt, in anderen Fällen erfolgte Bestrafung nur wegen Körperverletzung, manche Gerichte sahen sich außerstande, anders als wegen Nahrungs- und Genußmittelentwendung zu verurteilen. Eine tiefe Rechtsunsicherheit machte sich unter den Vampiren breit.

Bekanntlich kann ein Vampir fließendes Wasser – Flüsse, Bäche, aber auch unterirdische Wasserläufe – nicht überqueren. Was demnach dem Vampir in der modernen Konsumgesellschaft das Leben – den Nicht-Tod, korrekt gesagt – fast restlos vergällt, ist unsere nahezu lückenlose Kanalisation. Nur in einzelnen Gegenden des Sauerlandes, wo der Anteil der regierungstreuen Wählerschaft besonders hoch ist (sollten da Zusammenhänge mit der fehlenden Kanalisation bestehen?), ist eine leichte Zunahme des Vampirbestandes zu verzeichnen. Überall sonst ist die Tendenz rückläufig. Dazu erleichtert der Umstand, daß die Vampire das Tageslicht nicht vertragen, nicht gerade ihre Eingliederung in den bürgerlichen Arbeitsprozeß.

Die Ernährungslage der Vampire ist trostlos. Es gibt bereits Vampire, die sich auf tierisches Blut umgestellt haben. Abgesehen davon, daß sie auch hier auf weitgehendes Unverständnis der Landwirte gestoßen sind, waren Folgen von Degeneration und Verweichlichung unausbleiblich. Der Plan, den Vampiren Altersheime und Greisenasyle zur Nahrungssuche zuzuweisen, womit – nach einer Denkschrift des leider viel zu spät ins Leben gerufenen ›Bundes Deutscher Vampire e. V.‹ –gleichzeitig das Problem der Überalterung unserer Sozialstruktur einer harmonischen Lösung zugeführt worden wäre, wurde von der mächtigen Sozialrentner-Lobby erfolgreich als angeblich herzlos torpediert. Ein Sprecher des genannten Vampir-Bundes wies dabei auf die Inkonsequenz hin, die darin liegt, daß die ›Aktion 65‹ der Bundesbahn klaglos hingenommen wurde. Nach außen hin begründet man diese Aktion – nämlich die, daß wer über fünfundsechzig Jahre alt, zum halben Preis mit der Eisenbahn fahren darf – mit der Aufbesserung der defizitären Kassenlage der Bundesbahn. In Wirklichkeit will man damit den Anteil der Rentner an den Opfern künftiger Bahnunglücke künstlich erhöhen, wobei noch dazukommt, daß Angehörige dieses Personenkreises öfter aus dem Zug fallen und sich häufig in Zügen und Anschlüssen irren, dadurch nie dorthin kommen, wo sie erwartet werden, und damit die Verlustquote der Bahnpassagiere unter Rentnern wesentlich höher ist als bei der übrigen Bevölkerung.

Ein düsterer Punkt für die Vampire sind auch die Krankenkassen. Sie weigern sich bis heute, die geringen Mehrbeträge, die bei Vampirzahnprothesen durch das Einfügen der bekannten Fangzähne entstehen, zu ersetzen.

Die Kirchen endlich stehen dem Vampirismus völlig indifferent gegenüber. Daran ändert weder der Umstand etwas, daß nicht wenige katholische Geistliche – allerdings rein privat – gleichzeitig Vampire sind (diese Geistlichen verwenden, wegen der Kreuzscheu der Vampire, Kreuze, die nicht ganz rechtwinkelig sind; für den oberflächlichen und ahnungslosen Betrachter sind diese winzigen Abweichungen oft gar nicht zu bemerken), noch die vorgesehene Denkschrift der EKD ›Zur Lage der Vampire im geteilten Deutschland.‹

Eine noch ziemlich geheime Studie des französischen Generalstabes gibt Ygdrasilović Anlaß, auf eine mögliche soziologische Umstrukturierung der Vampire hinzuweisen. Die Studie heißt: ›Der Vampir im modernen Verteidigungskonzept (Force de succion).‹ Dem Vampir, der bekanntlich unter gewissen Bedingungen fliegen kann und bei angemessener Ernährung die Kraft zwölf starker Männer hat, werden erhebliche Chancen im nächtlichen Nah- und Einzelkampf eingeräumt. Ob dieses Konzept bei dem ausgeprägt individualistischen, ja eigenbrötlerischen Hang der Vampire jemals verwirklicht werden kann, ist mehr als fraglich. Keinesfalls dürfen übertriebene Hoffnungen darein gesetzt werden, die dahinwelkende Zahl unserer heimischen Vampire könne so wieder angehoben werden.

Es hieße, die Augen vor der Wirklichkeit unserer reglementierten Gesellschaftsordnung gewaltsam verschließen, wollte man verkennen, daß die große Zeit der Vampire vorbei ist. Die neue Vampir-Kommune der Berliner Studenten ist wohl kaum mehr als eine Mode und kein Weg in die Zukunft.

Der Vampirismus mag als kostspieliges Hobby einiger weniger noch eine Weile fortdauern. Aber eigentlich ist damit das steinerne Wappen über der Gruft Draculas schon zerbrochen.

Ein literarisches Fossil

Bis in unser Jahrhundert galt für die Literatur und die bildende Kunst, unangefochten von Stil und Gedankenrichtungen, das Informationsprinzip als Grundlage. Das heißt: Die Produkte dieser beiden Kunstgattungen stellten jeweils ein Ereignis dar, das räumlich oder zeitlich, oder räumlich und zeitlich, tatsächlich oder vorgeblich vom Konsumenten getrennt war. Literatur und bildende Kunst gaben Kenntnisse oder Erfindungen wieder, die die Autoren außerhalb ihres Mediums gefunden hatten. Dem stand die gewissermaßen abstrakte, nicht-informative Musik gegenüber, die nichts außer sich selber darstellen konnte, deren Informationsgehalt auf spärliche Topoi beschränkt oder aber uneigentlich war – nämlich in der Vokalmusik durch den Text. In unserem Jahrhundert wurde die Informationsbezogenheit von Literatur und Kunst, vorsichtig gesagt, in Frage gestellt; manche meinen: beseitigt. Das ging – folgerichtig, wenn man bedenkt, daß die bildende Kunst gegenüber Musik und Literatur nicht auf Mittler, also wiedergebende Musiker, Schauspieler, Leser angewiesen ist und unvermittelt wirkt – von der bildenden Kunst aus. Die abstrakte Malerei war die erste Abkehr vom Informationsprinzip. Die Literatur hat diesen Schritt, abgesehen von dem zunächst folgenlosen Intermezzo des Dadaismus, mit einer Verspätung von fast fünfzig Jahren nachgeholt. In der sogenannten konkreten Poesie hat sich nun auch die Literatur vom Informationsprinzip abgewandt und sich auf eine quasi-musikalische Selbstdarstellung reduziert – merkwürdigerweise zu einem Zeitpunkt, wo die *musique concrète* sich einen schon deutlich sichtbaren Informationsanspruch anzueignen beginnt.

Da die Literatur in der konkreten Poesie infolge des aufgegebenen Informationswillens eine rein sinnliche

Kunst, keine Gedanken-Kunst mehr ist, also nicht mehr *verstanden* werden kann und will, entzieht sie sich der objektiven Nachprüfbarkeit ihrer Qualität. Was allein noch zählt, ist – das hören konkrete Poeten, die sich gern als Wort-Ingenieure sehen, natürlich gar nicht gern – die Tiefe der poetischen Empfindung, die der Autor entweder wirklich gehabt hat oder die der Leser oder Hörer beim Autor wahrzunehmen glaubt. Die tiefe Empfindung kann aber nun da sein oder nicht. Es ist nicht mehr und nicht weniger als selbstverständlich, daß die konkrete Poesie Scharlatanen Tür und Tor öffnet. Es ist hier nicht der Raum, eine Phänomenologie des neuen literarischen Scharlatans zu entwerfen. Nur soviel: es gibt zwei Grundtypen, den naiven und den gerissenen Scharlatan. Der erste Typ betrügt nicht nur die Kunstkonsumenten, sondern auch sich selber, denn er redet sich die Tiefe seiner Empfindung mittels Autosuggestion ein. Der zweite Typ schwimmt, sei es schlicht, um Geld zu verdienen, sei es, um ja modern zu sein, mit der literarischen Strömung mit. Der Gerechtigkeit halber muß aber gesagt werden, daß sich beide Scharlatan-Typen zu echter literarischer Qualität sublimieren können. Der Geist weht, wo er will, selbst in der konkreten Poesie. Es ist nur, wie gesagt, objektiv nicht zu entscheiden.

Bei Rowohlt ist im Januar 1969 ein Buch erschienen, das das Immanenz-Prinzip, also das Nicht-Informations-Prinzip, geradezu verkörpert und dennoch über den Verdacht jeder literarischen Scharlatanerie erhaben scheint: Oswald Wiener, ›Die Verbesserung von Mitteleuropa.‹ Dieses Buch, das der Verlag (vermutlich nicht der Autor) als *Roman* bezeichnet, ist eine Selbstdarstellung der Sprache, die – man hat den Eindruck: widerwillig – mangels Besserem *in* der Sprache abgefaßt ist und die zu dem Schluß kommt, die Selbstdarstellung sei unmöglich, was aber eben wiederum die Selbstdarstellung ist. Ich glaube in diesem Satz aus Wieners Buch den Schlüssel dafür zu sehen: *»der einzelne satz ist ebenso unverständlich wie* *das einzelne wort.«* (Fußnote Wieners: *»was ist der unterschied zwischen satz und wort? die sprache ist unverständlich.«)*

Das Buch ist verbrämt mit einem bombastischen Apparat an Fußnoten, Anmerkungen, Zitaten (die, soweit ich sie nachgeprüft habe, stimmen, auch die scheinbar hanebüchensten), einem Index und einem Kabinettstück von Literaturhinweisen, das durch die streng alphabetische Reihenfolge so heterogen ist, daß es sich wie ein herzmanovskysches Sammelsurium grotesker Chaotik liest. Neben *spillane, m. my gun is quick, new york 1958, – ders., the body lovers, london 1967,* und weiteren acht Werken dieses Autors steht dann *spoerri, th., sprachphänomene und psychose, basel etc. 1964,* und unter *anonym* ist sowohl *hic und hec oder die kunst, die vergnügungen der liebe und der wollust zu vermannigfachen, o.o., o.j.,* als auch die *österreichische strafprozeßordnung, wien 1966* aufgeführt. Überhaupt weist das Buch, so erstaunlich das bei einem Autor der konkreten Poesie ist, herzmanovskysche Züge auf (Herzmanovsky ist allerdings – mit Absicht? – in den Literaturhinweisen nicht zu finden), nämlich dann, wenn Wiener offensichtlich »unter Diktat« geschrieben hat: das Kapitel *›Purim‹* etwa, die *›reportage vom fest der begriffe‹* oder die arrogant-schlichte Feststellung auf Seite 11: *»hegel scheint widerlich zu sein.«*

Das alles ist aber nicht mehr als Arabeske. Das eigentlich Interessante an dem Buch ist etwas ganz anderes. So amüsant das Buch passagenweise, oft seitenweise ist, insgesamt ist es, kraß gesagt, nicht lesbar. Ich muß das etwas genauer sagen: das Gros des Leserpublikums »ernster Literatur«, das ja eher konservativ ist, wird das Buch nicht zur Kenntnis nehmen. Aber auch für den gutwillig-fortschrittlichen Leser wird es zu langweilig sein, denn ein Buch von über 200 Seiten läßt sich nicht wie ein lyrisches Gedicht von acht Zeilen als Wortkunstwerk ohne Informationsgehalt gleichsam musikalisch eingießen. Bleiben die speziell an konkreter Poesie Interessierten, das sind aber meist selber Autoren, die genug damit zu tun haben, die eigenen Werke zu schreiben, und in der Freizeit allenfalls das zur Zeit gültige Statussymbol progressiver Literatur, ›Batman & Robin‹, konsumieren. Der Rest ist klein. Ich schätze die Zahl der Wiener-Leser als ähnlich hoch wie diejenige derer, die heute noch den ›Messias‹ von Klopstock lesen können: ein paar Professoren, ein paar besonders eifrige Studenten, einer, der eine Dissertation darüber schreibt, ein paar Sonderlinge. Oswald Wieners Buch ist als eine Summe aller Bemühungen der konkreten Poesie ein wichtiges Buch, das aber ohne jeden Umweg über echte Literaturkonsumenten zu Literaturgeschichte geworden ist. Sozusagen ein geborenes Fossil.

Über das byzantinische Rokoko
oder:
Wie versuche ich, einem Norddeutschen den Herzmanovsky zu erklären?

Lieber Freund,

Sie haben in einer exotischen Laune die jüngst erschienene Taschenbuchausgabe ›Der Gaulschreck im Rosennetz‹ von Fritz von Herzmanovsky-Orlando gelesen, und nun sind Sie konsterniert. Die Geschichte ist Ihnen zwar reizvoll, aber fremd. Ein Hamburger, sagten Sie, hätte ein ähnlich geartetes, leicht verfremdetes Lustgefühl bei der Lektüre des Djing Ping Meh gehabt, wobei man beim Djing Ping Meh im Vorteil gewesen wäre, eine gute Übersetzung in Händen gehabt zu haben, während Sie Herzmanovsky im Original lesen müßten. Jetzt fordern Sie von mir, von dem Sie wissen, daß ich Österreicher bin (– was, um gleich einiges von Herzmanovskys Weltbild vorwegzunehmen, aber gar nicht stimmt: ich bin nämlich Tiroler), daß ich also, genauer gesagt, Angehöriger eines der ehemals im Reichsrat vertretenen Königreiche und Länder bin, fordern Sie von mir Aufklärung.

Es ist nun aber leider weit gefehlt anzunehmen, jeder Österreicher (um einmal bei diesem unkorrekten Ausdruck zu bleiben) wäre für das Verständnis Herzmanovskys prädestiniert, also vom Schicksal dafür ausersehen. Nein. Bestenfalls ist es in Österreich so, daß die *Prädisposition* für Herzmanovsky einigermaßen verbreitet ist, das heißt: in Österreich ist man zögernd bereit, Herzmanovsky wenigstens mißzuverstehen. Das ist keine nationale und schon gar keine völkisch-rassische Gegebenheit. Wann wäre »Österreich« schon eine Nation gewesen (abgesehen von der peinlichen Zeit nach 1918)! Und Vokabeln wie »völkisch-rassisch« waren uns schon vor Hitler so unverständlich wie Ihnen »Obersthofziffernkanzlei« oder »Schlagobers«. Vielmehr entspringt die genannte Prädisposition der Fähigkeit, in geschichtlicher Rechtlichkeit zu denken. Österreich ist bekanntlich voll von Legitimisten. Mißverstehen Sie das nicht: diejenigen, die die Rechte Otto von Habsburgs – Dr. Otto Franz Joseph etc. Habsburg, wie er hier nobel heißt – vertreten, sind eine verschwindende Minorität. Es gibt aber eine große Zahl scharfsinniger und edel denkender Geister, die die Pragmatische Sanktion in ihrer – beinahe hätte ich gesagt: heutigen – damaligen Form ablehnen, weil sie zu einseitig und unvereinbar mit etwelchen salischen Erbgesetzen nur die Rechte der Töchter Kaiser Karls VI. berücksichtigen, nicht aber die der Töchter Josephs I.

Sie bestreiten also die Rechte der lothringischen Dynastie, auf dem österreichischen Thron gesessen zu haben. Aber was bedeutet dieses Geplänkel streitender Legitimisten, wenn es eine noch viel tiefer wurzelnde legitimistische Gruppe gibt, die auch die Herrschaft der Habsburger (manche schreiben noch korrekt »Hapsburger«, auch »Hapspurger«) schlechthin als ungesetzlich betrachtet? Sie stützt sich – das ist der gemäßigte Flügel – auf Formfehler bei der Belehnung der Herzöge Albrecht und Rudolph im Jahre 1282 oder – das sind die Radikalen – auf das Erbrecht der letzten Babenbergerin Constanze, die an den Salzgrafen Dietmar den Zwitter (NB! welch herzmanovskysche Ehe das gewesen sein muß) von Querfurt verheiratet war... Es wird Sie jetzt schon nicht mehr wundern, wenn ich sage, daß aber auch die babenbergische Herrschaft in Österreich von gewissen Legitimisten bestritten wird, die den – heute leider nicht mehr aufzufindenden – Nachkommen jenes *Bonosi* den Thron eingenommen zu haben sehen wollen, von dem es in Hans Huebners ›Politischer Historie‹ heißt: »– welcher einer von den größten Säuffern gewesen ist: maßen man von ihm sagte: Ponosus est natus, non ut vivat, sed ut bibat; er wäre nicht gebohren, daß er leben, sondern daß er sauffen solte: Ja als er sich auch aus Desperation Anno 282 selber gehangen hatte, so ward er von den Römern nur Amphora pendens, das ist, ein hängendes Wein-Faß, genannt.«

Was hat das, fragen Sie – wenn ich Sie richtig verstehe –, was hat das alles mit Herzmanovsky zu tun? Gut. Sie sprechen das Wort Herzmanovsky schon recht hübsch aus, nur ein wenig mehr »s« im »z«... Was das alles mit Herzmanovsky zu tun hat? Nichts, natürlich. Ich wollte Sie damit nur auf eine Tatsache vorbereiten, die Ihr inzwischen mühsam gewonnenes Bild dieses Autors wieder restlos verschütten wird. Herzmanovskys Weltbild als österreichisch zu bezeichnen, wäre – darin allerdings echt österreichisch – denkbar falsch. Herzmanovskys Denken bewegt sich zwar (in zwei Gleisen) in dieser seiner zeitlich-weltlichen Heimat des österreichischen Vormärz, besser: des so genannten Vormärz im so genannten Österreich, also zwischen Bodensee und Eisernem Tor, Wiener Kongreß und 1848, *aber*, und hier subsumieren Sie alles, was ich oben vom historisch-legitimistischen Denken gesagt habe, in die Ebene einer höheren geistigen Rechtlichkeit, so haben Sie die Welt und die Zeit Herzmanovskys: die *österreichische Antike*. Das hat nicht nur seine Argumente im Dunstkreis des herkömmlichen Denkens, es ist auch – Sie staunen mit Recht – staatsrechtlich vertretbar. Ich möchte dies die Lehre von der »Römischen Kontinuität« nennen. Sie basiert auf der Tatsache, daß es Österreich, das »Kaiserthum Österreich« (ein Begriff, der dem österreichischen Staatsrechtler ohnedies einen legitimistischen Schauer über den Buckel jagt), nie so richtig gegeben hat. Während die staatsrechtlichen Historiker in der Ablehnung einer Realität des »Kaiserthums Österreich« angenehm einhellig sind, stellen sich die Dinge beim »Kaiser von Österreich« leider ganz anders dar. Hier gibt es Lehrmeinungen, die allen Ernstes behaupten, zwar kein »Kaiserthum Österreich«, wohl aber einen »Kaiser von Österreich« habe es gegeben etc. Herzmanovsky – obwohl nie ausdrücklich – hat sich einer vermittelnden Richtung angeschlossen, die besagt, daß es einen »Kaiser von Österreich« zwar gegeben, aber eigentlich doch wieder nicht gegeben hat. Die Habsburger von Franz II. bis Karl I. (in Wirklichkeit VIII.) waren in Wirklichkeit *Römische Kaiser,* haben sich nur ab 1806 geniert, diesen Titel zu führen, haben sich nur »Kaiser« genannt und *geduldet,* daß man sie detto »von Österreich« apostrophierte; das geht auf gewisse äußerst komplizierte Vorgänge zwischen 1804 und 1806 zurück. Das Dunkel könnten die fast freimaurerisch geheim anmutenden Akten lüften, die – tarnungshalber als Makulatur deklariert – im Haus-, Hof- & Staats-Archiv lagern. Konsequenterweise hat Kaiser Karl nach dem Ersten Weltkrieg zwar auf z. B. Lodomerien, Oswezinien, ja sogar auf Jerusalem verzichtet, nicht aber auf Österreich ... nur logisch, er konnte darauf nicht verzichten, weil er eigentlich gar nicht dessen Kaiser war.

Sie sehen, es wäre einfach, Herzmanovskys Weltbild und Denken zu begreifen, wenn man jetzt sagen könnte: er war ein Legitimist der Römischen Kaiserkrone, ein Römischer Kontinuist, wie der Fachausdruck lautet. Ja, das wäre zu schön. Die Schwierigkeit dabei ist, daß es – ich kann es Ihnen nicht ersparen – auch das Römische Kaiserreich nie gegeben hat. Ich muß dazu etwas weiter ausholen.

Nach dem historischen Wind-Ei Alexander, genannt »Magnus«, das zu nichts geführt hat, war es erst der pedantische, hochphlegmatische und hohnvoll träge, aber mit dem Sinn für die Zwischenwerte der Politik genial ausgestattete Octavianus, später Augustus tituliert, der die antike Welt institutionell zu sammeln vermochte. Die – staatsrechtlich grob gesprochene – »Gründung« des Römischen Kaiserreichs war keine konstruktive, sondern eine restaurative Tat. Augustus hat den Grundstein des Hauses gelegt, in dem unsere abendländisch-antiken Werte – von Sokrates bis wohlgemerkt zu den Evangelien – wenigstens einigermaßen unlädiert die Zeiten bis auf uns überstanden haben.

Ich sagte: Zwischenwerte der Politik ... Octavianus Augustus und keiner seiner Nachfolger, von Tiberius bis – ja, bis Franz Joseph haben die Römische Republik jemals angetastet. Der Römische Kaiser war ein Privatmann, der mit einem *persönlichen* Titel geschmückt auf *privater* Ebene eine strenge *Republik* regierte. Das Römische Kaiserreich war staatsrechtlich ebensowenig zu irgendeiner Zeit ein bestehendes Institut, wie es – hoffentlich können Sie mir auch jetzt noch folgen – die Römische Republik selber war. Es hat, das wundert Sie wohl nicht mehr, auch die Römische Republik gar nicht gegeben. Als nämlich Tarquinius Superbus, der vorläufig letzte Römische König, abgesetzt war, beschloß der Senat und (angeblich) das Volk von Rom, provisorisch für einen nicht existenten König allein zu regieren. Das Provisorium dauerte ... sagen wir lieber: dauert an. Streng legitimistisch gedacht ist also der sogenannte Kaiser von Österreich ein sogenannter Römischer Kaiser, der privatim eine Republik leitet, die provisorisch für einen fehlenden König regiert. (Nur als Notiz: um die Legitimation der Königsherrschaft in Rom bestreiten zu können, fehlt es derzeit leider noch an historischen Quellen.)

So erglüht also von Octavianus Augustus – der als Nachfahre der Julier von Julus abstammt, dem Sohn des Äneas, der wieder ein Sohn des trojanischen Generalmajors Ascanius und der Venus war – bis zum Kaiser Karl ein einziger legitimistisch-antiker Regenbogen in Herzmanovskys Weltbild. Die Antike Herzmanovskys endet 1918. Das christliche, ja katholische Element stört Herzmanovsky bei dieser seiner Anschauung der Dinge um so weniger, als streng chronologisch gedacht das Christentum ebenso zur goldenen Zeit der Antike gehört wie Herakles und Aktäon – ein tiefer, lieber Freund, und ernster Gedanke, über den nachzudenken ich im Anblick des Max Klingerschen ›Christus im Olymp‹ empfehle.

Es ist eine andere, wohl unlösbare und vielleicht auch im Grunde müßige Frage, ob Herzmanovsky Revolutionär oder Reaktionär war. Ich bitte das nicht im literarischen Sinn zu verstehen, sondern cum grano salis philosophisch, oder weltanschaulich, wenn Ihnen das lieber ist. Es mag sein, daß Herzmanovsky als ein Mensch unseres fessellosen Jahrhunderts seinen Spott über die in ihrer in das antike Kontinuitätsdenken verstrickte, scheinbar lächerliche Welt der Zeit bis 1918 ausgegossen hat und dabei, je mehr er sich spottend mit dem Verspotteten befaßte, in einem vielleicht ihm selber unbewußten Umwandlungsprozeß von Liebe zum verspotteten Objekt ergriffen wurde und sich schließlich mit dem Objekt identifizierte und damit den Spott in Liebe umwertete, ohne die äußere Form zu ändern, was zu einer Selbstverspottung führt, der scheinbaren Bekämpfung des Österreichischen durch sich selbst, also zur Verwirklichung des Nestroyischen Holoferneswunsches: »Einmal möcht' ich mit mir selber kämpfen, daß ich seh', wer stärker ist: ich oder ich« oder die Wiederholung der Ereignisse der Schlesischen Kriege. (Fußnota: vgl. Ruinenbaumeister S. 282 ff., dtv 11391) Aus dem Kampf Österreichs gegen Österreich geht – was ist logischer? – Österreich als Sieger gestärkt hervor, es zieht sich wie Münchhausen quasi an den eigenen Haaren per aspera ad astra.

Sie werden sich jetzt mit Schrecken daran erinnern, daß ich am Anfang von den *zwei* Gleisen Herzmanovskys aus der oder in die Antike gesprochen habe: das eben Besondere war nur das erste. Wir kommen zum zweiten. Fürchten Sie sich nicht, es ist halb so schwierig und etwas konkreter: das byzantinische Rokoko.

Das byzantinische Rokoko ist keine Erfindung Herzmanovskys – wie er ja überhaupt weniger Dinge erfunden als eher gesammelt hat –, sondern eine Entdeckung. Daß Herzmanovsky dieses byzantinische Rokoko *gesucht* hat, ist allerdings nach dem oben Gesagten selbstverständlich, denn er durfte es nicht glauben, daß die antike Kontinuität gerade in der geographischen Heimat der Antike, in Griechenland, ohne jeden Überrest vom Barbarensturm ausgerottet worden wäre. Sie wissen, daß Kaiser Diocletian, Christenverfolger und Erfinder der Wurf-Sandale, sein Reich geteilt hat. Während aus dem westlichen Reich nach einem kurzen Hiatus von 350 Jahren das Römisch-Deutsche Reich geworden ist, ging das östliche Reich, das die genannte geographische Heimat der Antike, das alte Hellas, umfaßte, später unkorrekt »Byzantinisches Reich« oder – zwar auch unkorrekt, aber immerhin bezeichnend – »Griechisches Kaiserthum« bezeichnet, im Jahre 1453 im Türkensturm unter... allerdings nicht ganz. Obwohl der rührend naive Versuch der türkischen Sultane durch den Nachweis, daß sie über ihren Urvater Urchan, der eine Prinzessin Theodora Kantakuzena, Tochter Kaiser Johannes' VI., zur Frau gehabt hatte, einen legitimen Anspruch auf den byzantinischen Thron hätte, Herzmanovskys legitimistisches Herz bewegen hätte müssen, verzieh er es den Türken doch nie, daß sie durch die Eroberung von Konstantinopel die Welt um das byzantinische Barock und Rokoko ärmer gemacht haben. Die Eroberung von Byzanz durch die Türken ist für Herzmanovsky der greifbarste Einbruch in die antike Tradition, das Amputieren eines der beiden Arme, die Aphrodite trotz allem nach uns Enkeln (und nach Herzmanovsky namentlich) ausstreckte. Es ist also verständlich, daß Herzmanovsky – um als ein echter kulturhistorischer Archäologe von Resten aufs Ganze zu schließen – sich besonders für die überlebenden Rudimente der byzantinischen Kultur interessierte. Folgerichtig ging er dabei von Venedig aus, dieser Stadt, die lange Zeit dem Ost-Reich angehört hat, politisch und dann geistig, und die die göttlichen Inseln, Tenos etwa, Kephalonia, Zante und Cerigo, das ist das himmlische Kythera, zum Teil bis 1797 vor fremder Herrschaft bewahrte und von dorther menschliches und geistiges Material bezog. Und dorthin, das ist gewiß, haben sich antike Götter (und vor allem

Göttinnen) vor Unverständnis, Zelotismus und Barbarensturm zurückgezogen, haben sich als byzantinische Sebastokratoren verkleidet, als lateinische Megaskyroi, sind als Johanniter-Ritter camoufliert aus fränkischen Burgen in Zypressenwälder zur Falkenjagd ausgeritten, haben als armenische oder katalanische Mönche gegen sich selber gepredigt und sind endlich unter dem Schutz des geflügelten Löwen und des heiligen Markus als venezianische Nobile so kaum verschleiert wiederauferstanden, daß selbst ein minder Begnadeter, als es Herzmanovsky war, auf den Porträts aus der Schule des Tiepolo unter den hohen, gepuderten Perücken an den goldenen Augen der Prinzessin – sagen wir: Eudoxia Acciajuoli – die Olympierin erkennt, die mit Lächeln in der Loge des Theaters von San Moisè ihre eigene Geschichte vernimmt, vertont von Johann Adolph Hasse oder Nikolaus Porpora, aus dem Munde der (jetzt-weltlich-)göttlichen Faustina Bordoni und des Kastraten Farinelli, der später in jener Zwingburg des habsburgischen Olympes, im Escorial, den König Philipp in den Tod gesungen hat...

Ob sich Herzmanovsky auch mit dem anderen, diesmal binnenbyzantinischen Relikt befaßt hat, das ebenfalls der türkischen Herrschaft entkommen durfte und das etwas wie eine Ahnung barock-byzantinischen Staatswesens entwickelt hat: dem Königreich Georgien, wie fälschlich die Königreiche Imerethien, Karthalien und Kachetien genannt werden, ist nicht bekannt. Vielleicht bringt eine Publikation der Briefe Herzmanovskys darüber weiteren Aufschluß. Zu verwundern wäre es nicht.

Herzmanovsky – das entnehmen Sie meinem Referat – kann man im eigentlichen Sinn nicht *verstehen*, mag man auch die Kaiser-Viten des Sueton, Bernatziks Österreichisch-ungarisches Staatsrecht, Burys History of the East Roman Empire, Wurzbachs Biographisches Lexicon und die Adjustierungs-Anweisung für die bosnisch-herzegowinischen Infanterie-Regimenter gelesen haben, wenn man nicht, wie gesagt, mindestens durch jene kontinuierliche abendländische Geisteszersetzung prädisponiert ist, in das Zwischenreich der Zeiten hinabsteigen zu können, das – ungenau – Österreich heißt. Jetzt dürfen Sie aber vor allem den einen Fehler nicht machen: suchen Sie nicht nach auch nur einem greifbaren, ausdrücklichen Anhaltspunkt für alle diese Ideen in dem, was Sie von Herzmanovsky gedruckt finden. Es steht nicht drin, es steht nicht einmal zwischen den Zeilen, es schwebt vielmehr darüber wie der Doppeladler in der Schluß-Szene vom ›Kaiser Joseph‹. Es schaut aus, als sei es ein künstlicher, ein Bühnen-Doppeladler aus Brettern und Wachspapier, aber seien Sie versichert: es ist der echte Doppeladler, der sich nur als falscher Doppeladler verkleidet hat. So ist es eben: was ist, ist nicht, nur was nicht ist, ist wirklich... Wenn Sie das verwirrt, dann müssen Sie für Herzmanovsky jeder Orientierung entraten, müssen ihn lesen wie Djing Ping Meh und werden das tiefe Wort nicht nur nicht begreifen, sondern für einen Hohn halten:

EX HERZMANOVSCIM LUX

Die junge Maria Stuart

Im Sommer 1562 traf in einem Gasthof in einem kleinen Ort namens Lavis (wenige Meilen nördlich von Trient) eine Dame mit kleinem Gefolge ein, die den Wirt – einen gewissen Bruno De Gasperi – unterrichtete, daß sie einige Tage, vielleicht zwei Wochen hier zu bleiben gedenke. Einen Namen nannte die Dame nicht, aber ihre Zofe ließ durchblicken, daß die Dame – eine sehr junge Dame – von hohem Rang sei. »Die Dame ist so jung«, sagte der Wirt Bruno De Gasperi zu seiner Frau, »daß man sie glatt für ein junges Mädchen halten würde, wenn sie nicht von so hohem Rang wäre.«

Das Gefolge der Dame war nicht nur klein, sondern sehr klein: die erwähnte Zofe und ein Kutscher, der taubstumm war. »Eine Hochstaplerin«, sagte die Wirtin, Anna De Gasperi, zu ihrem Mann, »nimm das Geld im Voraus.« Der Wirt, ein vorsichtiger Mensch, schwankte: das sehr kleine Gefolge konnte genausogut ein Zeichen von *wirklicher* Vornehmheit sein, die Wert auf Incognito legte. Man war derlei gewohnt im Jahre 1562 in Lavis, wenige Meilen nördlich von Trient. Im Januar war nach zehnjähriger Unterbrechung – schon hatte niemand mehr an die Fortsetzung geglaubt – das Konzil wiedereröffnet worden. Obwohl die Protestanten diesmal nicht mehr kamen, waren die Gasthäuser voll, selbst in der Umgebung, im ganzen Trentino bis Mezzocorona und ins Nonnstal hinein. Bruno De Gasperis Gasthof war der schönste im Ort, breit und mit einem großen Tor. Hinten schlossen sich die Weingärten an. Eigener Brunnen. Daß die zwei Zimmer und die Zofenkammer überhaupt frei waren, war ein Zufall. Ein dänischer Abt war kurz vorher Hals über Kopf abgereist, weil Nachricht gekommen war, daß es sein Kloster nicht mehr gab. Der lutherische König hatte es abgeschafft. So waren die Zimmer frei gewesen.

»Wenn die junge Dame wirklich so vornehm ist, wie die Zofe munkelt«, sagte Bruno De Gasperi zu seiner Frau, »dann blamieren wir uns unsterblich, wenn wir das Geld im Voraus verlangen. Und sowas spricht sich in feinen Kreisen herum.« »Du bist ein Affe«, sagte Frau Anna De Gasperi, »nachdem die Zimmer in der Gegend mit Gold aufgewogen werden, seit der Himmel uns die Gnade geschenkt hat, daß das Konzil wieder eröffnet worden ist, kann sich herumsprechen was will –« »Das Konzil endet einmal!« sagte der Wirt. »Wie du willst«, sagte die Frau, »es ist dein Geld. Du wärst nicht das erste Mal hereingefallen.«

Der Knecht schlief im Stall bei den anderen Knechten. Aus ihm war nichts herauszubringen, denn er war, wie gesagt, taubstumm. Die Zofe vertraute es nach einigen Tagen der Wirtin an: die junge Dame sei die verwitwete Königin von Frankreich. »Die verwitwete Königin von Frankreich?« flüsterte Frau Anna De Gasperi. »Niemand geringerer«, flüsterte die Zofe. Sie hieß Marcelle.

Maria Stuart, 1542 geboren, im Alter von einer Woche nicht Königin, sondern »König« von Schottland aus eigenem Recht, war in ihrem sechsten Lebensjahr mit François, dem Dauphin, ältesten Sohn des Königs von Frankreich, vermählt worden. Der Dauphin war vier Jahre alt. Als er fünfzehn war, starb der Vater (König Heinrich II.), und François wurde König Franz II. Mit sechzehn starb er selber. Maria war Witwe. Das war 1560 gewesen. »Was für ein Unglück«, flüsterte Frau De Gasperi, »mit achtzehn Jahren schon Witwe.«

»Sie trägt es«, sagte Marcelle.

»Wie alt ist sie jetzt?«

»Zwanzig«, sagte Marcelle, »ein Jahr jünger als ich.«

Im Gasthof De Gasperi waren bisher – also in der Konzilszeit – Äbte, Monsignori, Bischöfe und sogar gelegentlich Erzbischöfe abgestiegen, an weltlichen Herren: kaiserliche und königliche Räte, ab und zu ein Graf oder ein venezianischer Senator, eine Königin nie. Die ganz hohen Herrschaften hatten immer noch in Trient selber ein angemessenes Quartier gefunden.

»Jetzt nicht mehr«, sagte Marcelle, »wir haben uns erkundigt. Selbst der Kaiser fände dort keinen Platz mehr, und wenn er sich so klein machte wie eine Maus.«

Die Königin lebte äußerst zurückgezogen. Sie ging manchmal in den Weinbergen hinter dem Haus einige Schritte auf und ab, aber nur, wenn sonst niemand dort in der Nähe war. Sie aß viel und kleidete sich immer in Schwarz. Mit den anderen vornehmen Gästen des Gasthofes De Gasperi hatte sie keinen Umgang. Einer dieser Prälaten und Herren, Don Cesare Dolenti, der besonders zeremoniös tat, wollte seine ergebenste Aufwartung machen, als er unter der Hand von der Anwesenheit der französisch-schottischen Majestät erfuhr. Aber die Zofe winkte ab. Die Königin wolle das nicht. Sie wünsche unerkannt zu bleiben. Sie bäte um die Anrede als eine Gräfin von St. Andrews. Selbstverständlich verzichtete Don Cesare Dolenti unter diesen Umständen auf seine Aufwartung, grüßte aber die »Gräfin von St. Andrews«, wenn er ihr begegnete – selten genug – mit einem in Ehrfurcht ersterbenden Unterton.

Ganz selten fuhr die Königin mit ihrer Kutsche aus. Die Kutsche war alles andere als königlich. »Tarnung«, sagte Marcelle. An den Schlägen waren Spuren von Farbe zu sehen: ein abgekratztes Wappen. »Tarnung«, sagte Bruno De Gasperi. Wohin die Königin fuhr, war natürlich nicht zu erfahren. Nach Trient vermutlich, der Straße nach zu urteilen, die der taubstumme Kutscher nahm. Auch dessen Livrée war staubig und schäbig. »Tarnung?«, sagte Frau Anna De Gasperi. Was die Königin in Trient zu tun hatte, blieb selbstverständlich auch im Dunkeln. Nur soviel: »Sie wartet auf eine günstige Stunde«, hatte die Zofe Marcelle gesagt. Die Königin sprach mit Marcelle immer französisch, mit den Wirtsleuten – was aber selten vorkam – deutsch. Italienisch sprechen hörte man sie nie. Auch Marcelle konnte nicht Italienisch.

Nachdem drei Wochen vergangen waren und die Königin nach Rechnung der Wirtin für zweihundert Gulden Hasen, Kälber, Fasane und Forellen gegessen hatte, ihre Pferde für dreißig Gulden Hafer, die Weinrechnung sich auf zweiundvierzig Dukaten und die Bierrechnung für den taubstummen Knecht auf deren siebzehneinhalb belief, die Kosten für das Logis noch gar nicht in Anschlag gebracht, überlegte nun doch auch der Wirt, wie man unter Wahrung der gebotenen Schicklichkeit der Königin eine Zwischenrechnung präsentieren könne. Bevor eine Entscheidung darüber getroffen wurde, traten neue Ereignisse ein.

Don Cesare Dolenti wurde abberufen, er verließ Lavis. Nur drei Tage stand das Zimmer leer, dann näherte sich auf der Straße vom Norden her eine weitere, sehr große Kutsche, die genau vor dem Gasthaus stehen blieb. Der Wirt ging vor das Tor und wischte sich seine Hände an der Schürze ab. Sein Blick fiel auf den Schlag: auch da war ein Wappen abgekratzt worden.

Der Fuhrknecht, ein ziemlicher Lümmel, der – wie sich später herausstellte – Bernhard hieß, schrie auf deutsch, aber in einem Dialekt, den Bruno De Gasperi fast nicht verstand, vom Bock herunter: ob ein Zimmer frei wäre? »Zu dienen«, sagte De Gasperi. Der Vorhang der Kutsche wurde beiseite geschoben, ein etwa dreißigjähriger Mann schaute heraus, musterte den Wirt, nachher den Gasthof und nickte dann dem Fuhrknecht zu. »Wie heißt das Nest?« schrie der Fuhrknecht. »Lavis, zu dienen«, sagte De Gasperi. Der Fuhrknecht stieg ab, warf die Zügel auf den Bock und riß den Schlag auf. Der junge Herr stieg aus, reichte dem Wirt die Hand in einer Weise, die zeigte, daß er einen Handkuß erwartete, und ließ sich dann das Zimmer zeigen. Er blieb gleich oben und befahl ein Frühstück.

»Einen Moment, Herr Wirt«, sagte der Fuhrknecht Bernhard, »wenn er beliebt da auf die Seite zu treten.« Er senkte die Stimme: »Mein Herr ist der Herzog von

Braunschweig zu Dannenberg, will aber nicht als solcher erkannt werden. Hat man verstanden? Reist deswegen mit kleinster Begleitung, also mit mir. Ich heiße Bernhard. Mein Herr wünscht die Anrede: Graf von Lauffenberg. Er hat auf dem Konzil zu tun und will im übrigen in Ruhe gelassen werden.« »Zu dienen«, sagte Bruno De Gasperi.

»Jetzt haben wir zwei solche«, sagte die Wirtin, »wenn wir noch mehr solche Gäste kriegen, sehe ich schwarz.« »Ich werde um Audienz nachsuchen und die Zwischenrechnung präsentieren.« »Und von dem Herzog verlangst du hundert Dukaten im Voraus.« »Ja», sagte der Wirt.

Allein auch dazu kam es nicht. So ein Besuch in so einem Dorf spricht sich auch – oder gerade – unter der Hand herum, und über das Dorf hinaus. De Gasperi hatte einen Vetter in Cles, der hieß Lorenzi und war Schreiber der Herrschaft dort. Seine Leidenschaft war die Genealogie. Sofern ihm seine Amtsgeschäfte Zeit ließen, studierte er Stammbäume von Fürstlichkeiten. Er hoffe, sagten die Leute hinter seinem Rücken, daß er dabei einmal an einem Seitenast eines Herzoghauses einen Lorenzi entdecke, von dem er abstamme. Sein innigster Wunsch war, geadelt zu werden. Aber so ein Wunsch erfüllt sich in Cles, wo zwar ein herrschaftliches Schloß ist, aber sonst die Welt mit Brettern vernagelt, nur sehr schwer. Alle zwei, drei Monate, wenn Lorenzi amtlich in Trient zu tun hatte, besuchte er seinen Vetter De Gasperi auf der Durchreise, schon weil er dabei kostenlos bewirtet wurde.

»Die Königin von Schottland, so, so«, sagte Lorenzi ehrfürchtig, »und der Herzog von... von wo?« »So irgendwie was mit einer Farbe ... und Hinnenberg oder...« »Braunschweig?« fragte Lorenzi, »und Dannenberg?« »Genau!« rief De Gasperi.

Lorenzi dachte nach. Seine hohe Stirn zog sich in Falten. Die Genealogien der wichtigsten Häuser kannte er auswendig. (Nur vom Markgrafen abwärts mußte er nachschlagen.) »Der Herzog von Braunschweig zu Dannenberg. 1533 geboren, dann ist er jetzt 29 –« »Kann hinkommen«, sagte De Gasperi. »Hat das Herzogtum im 59er Jahr von seinem älteren Bruder Franz Otto geerbt, der, obzwar mit Elisabeth Magdalena von Brandenburg verheiratet, ohne Hinterlassung von Leibeserben verblichen ist. Er selber, der Herzog, der hier ist, heißt Heinrich. Er ist zur Stunde noch unvermählt.«

»Aha«, sagte De Gasperi. »Und die Königin von Schottland und von Frankreich ist Witwe!« sagte Lorenzi, »das ist doch förmlich ein Wink des Himmels.« De Gasperi verstand seinen Vetter nicht sofort.

»Es dreht sich darum«, sagte Lorenzi, schob sein Glas zur Seite und rückte näher an De Gasperi heran, »es dreht sich darum, Vetter De Gasperi, eine fürstliche Ehe zu stiften.« »Und was hab' ich davon?« fragte De Gasperi. »Bist zu langsam von Begriff: die Aussichten sind unermeßlich. Die Königin wird zwar nur Herzogin von Braunschweig, aber die Nachkommen des Herzogs erwerben ein unbedingtes Anrecht auf den schottischen Thron! Male dir das einmal aus!?« De Gasperi versuchte sich das auszumalen. Es blieb in ihm dunkel. »Ehrlich gesagt: mir ist es gleich, wer in Schottland König ist«, sagte er.

»Die Dankbarkeit der fürstlichen Herrschaften? Die Nachkommen jenes Herzogs da oben –« Lorenzi deutete an den Plafond, »verdanken *uns* die Krone Schottlands. Wir werden geadelt. Vielleicht bekommst du eine Baronie im Dannenbergischen – ich ...«, Lorenzi lehnte sich bescheiden zurück, »werde vielleicht sogar Herzog. Ich habe alles schon durchgerechnet. Wahrscheinlich werde ich Herzog. Ich habe auf der Landkarte nachgesehen. Ich werde Inverness als Apanage wählen. Lawrence, erster Duke of Inverness.« Lorenzi nahm einen Schluck. Langsam dämmerte es in De Gasperi.

»Aha«, sagte er, »so, so. Hm. Und warum, wenn man fragen darf, Vetter Lorenzi, warum du *Herzog* und ich nur Baron? Schließlich wohnen die beiden bei *mir* in Lavis und nicht bei dir in Cles?«

»Weil ich der *spiritus rector* der Sache bin, ist dir das klar?«

»Nicht ganz. Was ist ein *spiritus* et cetera?«

»Einer, der die Idee hat, der alles leitet.«

»Na ja«, sagte De Gasperi.

»Außerdem«, sagte Lorenzi, »bin ich unverheiratet, habe keine Erben, und in meinem Alter – ich setze dich, meinen Vetter, zum Erben des Herzogtitels ein. Dann wirst du zweiter Herzog von Inverness. Jedenfalls aber dein Sohn, Vetter De Gasperi, falls ich dich überleben sollte. Prost!«

De Gasperi kratzte sich am Kinn. »Wo ist denn das Inver – et cetera?«

»In Schottland, natürlich.«

»Und wo ist Schottland?« fragte De Gasperi kleinlaut.

»Du weißt nicht, wo Schottland ist?!« Lorenzi lachte und nahm noch einen Schluck, schob dann seinem Vetter das Glas zum Nachschenken hin. »Der künftige Herzog von Inverness weiß nicht, wo Schottland ist. Hähähä.«

De Gasperi schenkte nach. »Sag schon – wo ist es?«

»Seitlich von England«, sagte Lorenzi.

De Gasperi wußte zwar auch nicht genau, wo England lag, fürchtete sich aber endgültig vor seinem Vetter zu blamieren, wenn er noch weiter fragte.

Lorenzi kam nun fast jeden zweiten Tag, sooft es seine Amtsgeschäfte erlaubten, nach Lavis heraus. Er hatte auch die Idee von dem Bankett. Er fertigte – keine Schwierigkeit für ihn, den Schreiber – schöne Einladungen auf Pergament aus, in denen die Gräfin von St. Andrews und der Graf von Lauffenberg in den ehrerbietigsten Worten – so gedrechselt, daß sie kaum mehr verständlich waren – zu einem Festessen eingeladen wurden. Der Wortlaut der Einladung kostete Lorenzi zwei schlaflos durchüberlegte Nächte: einerseits wollte er das

Incognito strikte wahren, anderseits doch feinsinnig und auf das Schmeichelhafteste durchblicken lassen, daß der Einladende den überaus hohen Rang der Gäste kenne. So flocht Lorenzi leichte Anspielungen auf Kronen, Löwen, Szepter und Thron ein, versäumte auch nicht, kleine Huldigungen an die Macht und Schönheit Schottlands respective Braunschweig-Dannenbergs anzubringen und schloß »in immerwährender Ehrfurcht hinschmelzend: Bertoldo Lorenzi...« beinahe hätte er geschrieben: Duke of Inverness.

Zwar trug De Gasperi die Kosten des Gastmahls – »... der Profit von einem halben Jahr«, maulte die Wirtin; Lorenzi hielt das für übertrieben – aber Lorenzi trat quasi als Gastgeber auf. Er war es auch, der in geschliffenster Form mit Verbeugungen und nahezu geometrisch gezirkelten Kratzfüßen, die sich an jedem Hof hätten sehen lassen können, die Einladungen überbrachte. Und bei den jeweiligen Gelegenheiten näherte er sich – das hatte er genau kalkuliert – selbstverständlich in devotester Weise mit anmutigen Gesten der Königin und flüsterte ins erlauchte Ohr: »Der andere hohe Gast: der Herr von Lauffenberg belieben nur ein Incognito zu sein und sind in Wirklichkeit Seine herzogliche Gnaden, der Herr Herzog von Braunschweig zu Dannenberg. Aber pst –!« Und das entsprechende beim Herzog.

De Gasperi schlachtete sechs Hühner, zwei Enten, ein Schwein, ein Kalb und einen Hammel. Er rollte ein Faß Wein ins hintere (kleinere aber bessere) Gastzimmer, ein Faß Wein, das noch aus dem ersten Regierungsjahr Papst Julius III. stammte. Lorenzi beschaffte leihweise in Trient gediegenes Tafelsilber beim dortigen Fugger-Residenten. De Gasperi mußte als Pfand dafür seine zwei letzten Pferde einsetzen. Der Zucker, der Safran, die Mandeln und alles andere für die süßen Nachspeisen kosteten so viel wie ein neues Dach für den Stall (behauptete die Wirtin). Vierhundert Eier. Die Livrée für die Wirtsknechte brachte Lorenzi von der Clesischen Herrschaft auf den einen Tag mit, drillte auch die Knechte zu Dienern. Manche Kopfnuß fiel dabei.

Bevor Lorenzi am Abend jenes denkwürdigen 4. September einen »Diener« hinaufschickte, um die Königin und den Herzog zur Tafel zu bitten, warf er noch einen Blick über die Zurichtungen und war zufrieden: das Silber glänzte im Schimmer zahlloser Kerzen, das damastene Tischtuch war weiß wie der Schnee auf den Brentadolomiten, die Fahnen Schottlands und Braunschweigs hingen dezent aber unübersehbar, der Bratenduft schlängelte sich wohlig aus der Küche, der Wein – Lorenzi kostete einen Becher – war vorzüglich. Lorenzi trug seinen schwarzen Anzug und ein grünes, mit goldenen Arabesken besticktes Samtwams.

Der Erfolg des Banketts übertraf – zunächst – alle Erwartungen des künftigen Ersten Herzogs von Inverness, der sich bereits Gedanken über das Wappen zu machen begann, das er anzunehmen gedachte: ein Gitter grün auf silber (den Rost des heiligen Laurentius symbolisierend), darüber ein Adler, vielleicht auch ein Löwe in Blau oder Schwarz...

Beim Bankett selber waren die hohen Herrschaften noch etwas steif und zeremoniell gewesen, die Unterhaltung – in Französisch und Deutsch – verhalten, um nicht zu sagen sogar gehemmt, obwohl Lorenzi, in submissester Form, versteht sich, alles tat, um in den ihm zur Verfügung stehenden Sprachen zu parlieren. Aber schon am Tag danach sah man die Königin mit dem Herzog im Weinberg spazierengehen, die Zofe Marcelle zwei Schritte dahinter, und als Ende September Vollmond war, spazierte das hohe Paar schon allein. Lorenzi rieb sich die Hände. Er verfaßte ein lateinisches Gedicht, das in zartesten Anspielungen die Vereinigung des welfischen Leuen und der schottischen Löwin besang. Er überreichte je eine Ausfertigung, hatte allerdings das Gefühl, daß die Herrschaften des Lateins nicht mächtig waren. Unschöne

Gedanken, die sich dabei aufdrängten, schob er energisch beiseite.

Die in Regensburg aus dem Kloster entflohene Tuchmacherstochter Barbara Egerin (Klostername: Maria Immaculata) und der wegen Betruges, Zechprellerei und Gotteslästerung gesuchte Barbiergehilfe Jeremias Treppeldecker umarmten sich. Der Vollmond leuchtete über dem Weinberg des Gastwirtes De Gasperi in Lavis. »Ach, Graf –« flüsterte Barbara Egerin, »ach, Gräfin –« flüsterte Jeremias Treppeldecker. »Das Schicksal wird uns aufs grausamste trennen«, hauchte die Gräfin. »Das fürchte ich auch«, säuselte der Graf. Knapp eine Stunde später sagte die Gräfin: »Ich werde Marcelle bitten, das Bettuch zu waschen. Man braucht ja nicht im ganzen Haus zu wissen –«

»Ich dachte«, sagte der Graf, »Frau Gräfin, wenn ich nach wie vor diesen unangemessenen Titel gebrauchen darf, Frau Gräfin sind – oder besser gesagt, waren verheiratet? Wie kommt es dann, daß Sie trotzdem –«

»Ach«, sagte die Gräfin, »mein Gatte, Gott hab' ihn selig – wie wir geheiratet haben, war er vier Jahre alt und ich sechs ...«

»Ja, schon«, sagte der Graf, »aber er ist doch älter geworden?«

»Er hat sich bis zu seinem Tod nur für Fröschefangen und für Bogenschießen interessiert. *Ausschließlich.*«

»Ja, dann«, sagte der Graf, »dann haben Sie, Frau Gräfin, wenn Sie die unangemessene Anrede gestatten –«

»Ach, Graf«, sagte die Gräfin, »wenn Sie wüßten, *wie* unangemessen diese Anrede ist –«

»Ich weiß, ich weiß –«

»Nichts wissen Sie.«

»Wenn Sie befehlen, daß ich nichts wissen sollte, dann weiß ich selbstredend nichts.«

»Ich werde Ihnen bald ein schreckliches Geständnis machen müssen.«

»Schrecklich für *mich*«, sagte der Graf.

»Nein, für *mich*«, sagte die Gräfin und Königin und entlaufene Nonne Barbara Egerin aus Regensburg.

»Ich muß Ihnen auch ein Geständnis machen –«

»Das weiß wiederum *ich*«, hauchte die junge Maria Stuart, »aber nicht jetzt.« Sie umarmte den Herzog. »Morgen«, sie umarmte ihn fester, »– oder übermorgen.«

Die Geständnisse wurden weder am folgenden noch am übernächsten Tag ausgetauscht. Das Paar verbrachte ganze Tage im Bett. Lorenzi rieb sich die Hände. »Nur –«, sagte er, »wenn nur ja nicht der Erbprinz zu früh auf die Welt kommt.«

Mitte Oktober wurde wieder ein Zimmer leer. Ein Monsignore aus Verona mußte heimreisen, weil seine Konkubine das dreizehnte Mal niedergekommen war. »Das dreizehnte Mal«, brummte der Monsignore, »wenn das nur kein Unglück bringt.«

In das Zimmer des Monsignore zog ein junger Herr ein, der Karl Grau hieß und aus Graz kam. Er kam ohne alle Begleitung in einer Kutsche mit dem erbländisch-österreichischen Wappen, die Herrn Grau aber nur absetzte und dann weiterfuhr. »Wahrscheinlich hat er sie gestohlen, und der Kutscher ist sein Helfeshelfer«, sagte die Wirtin zum Wirt, »daß du mir aber von dem Gast Geld für Kost und Logis im Voraus verlangst.« Das tat diesmal der Wirt. Herr Grau zahlte anstandslos.

Vetter Lorenzi war nun fast täglich in Lavis. Er stolzierte herum – jeder Zoll ein künftiger Erster Herzog von Inverness – und rieb sich die Hände. Ab und zu richtete er ein herablassendes Wort an Herrn Grau, hob sogar ein wenig von dem staatspolitischen Geheimnis den Schleier, dessen Träger er war. »Oho!« sagte Herr Grau erstaunt.

Ende Oktober hielt wieder eine Kutsche vor dem Gasthof. Diesmal saßen zwei Fuhrknechte am Bock, und zwei Livrierte hockten hinten auf. Einer sprang herunter und schrie Herrn Grau und Vetter Lorenzi, die zufällig vor dem Tor standen, an: »Ist einer von euch Maulaffen der Wirt? Der Herr Kardinal von Lothringen braucht Quartier. Vier Zimmer und Platz für die Pferde.«

»Ich bin zwar nicht der Wirt, aber ich weiß soviel: das Haus ist voll. Wir können Seiner Eminenz nicht dienen.«

Das Fenster der Kutsche wurde herabgelassen und ein feister Mensch mit Scharlachkäppchen schaute heraus. »Was?« schrie er, »das soll doch nicht wahr sein. Dann werfe man eben das andere Gesindel hinaus –«

Herr Grau wandte sich ab und ging in den Gasthof hinein. In der hinteren, besseren Gaststube saßen die Königin von Schottland und der Herzog von Braunschweig-Dannenberg und seufzten. »Frau Gräfin, Herr Graf«, sagte Herr Grau, »eben ist der Kardinal von Lothringen angekommen, der Onkel der Königin von Frankreich und Schottland.« Dann entfernte sich Herr Grau wieder.

Gleichzeitig war aber vorn Herr Lorenzi an den Schlag der Kardinalskutsche getreten, hatte eine höfische Verbeugung gemacht und geflüstert: »Euer Eminenz Nichte, die Königin von Frankreich und Schottland logieren hier, wenngleich unter Incognito – als Gräfin von –«

»– St. Andrews«, konnte Lorenzi nicht mehr sagen, denn die Augen der Eminenz weiteten sich schreckhaft, der abgestiegene Gauner sprang auf, und die Kutsche fuhr wie von Furien gehetzt davon. Grad noch, daß Lorenzi im letzten Augenblick seinen Fuß wegziehen konnte, bevor das Hinterrad drüberrollte.

Der taubstumme Fuhrknecht der »Königin« war gar nicht taubstumm, er hatte nur Befehl gehabt so zu tun, damit er keine lästigen Fragen beantworten mußte. Marcelle heulte, weil sie keinen Pfennig Lohn bekommen hatte. Der Diener des »Herzogs« fluchte. Er sagte, er werde den betrügerischen Barbiergehilfen schon noch finden, und dann werde er ihm die Knochen entzweischlagen. Im Lauf von drei Wochen kamen mehrere Leute, die sich als wahre Eigentümer der Kutschen mit den abgekratzten Wappen und der Pferde herausstellten. Die

»Königin« war zuletzt von einem Kind der Nachbarschaft gesehen worden, wie sie hinten über die Mauer des Weinbergs gestiegen war und in Richtung gegen die Berge lief. Der »Herzog« dagegen – das hatte die alte Sesslin gesehen, De Gasperis Muhme, war durch den Bach gewatet und eilig zum Tal hin verschwunden.

»Da hätten sie doch heiraten können«, sagte Lorenzi bitter, »sie waren *eines* Standes.«

»Aber du wärst davon nicht Herzog geworden«, sagte De Gasperi.

Als im November der wirkliche Kardinal von Lothringen durch Lavis zog, wurde Herr Grau mit großem Gefolge abgeholt. Herr Grau war – der echte – Erzherzog Karl von Österreich. Er schenkte beim Abschied jedem der Wirtskinder eine goldene Münze mit seinem Bild. »Von jetzt ab verlangst du«, sagte Frau Anna De Gasperi in einem Ton, der jeden Widerspruch ausschloß, »von jedem Gast das Geld im Voraus. Von *jedem.*«

Die Staats-Oper

Die Eisenbahn als Phänomen und Institution hat, obwohl erst 150 Jahre alt, eine rätselhafte und bis jetzt unerklärbare Mystizität entwickelt, die die Menschen in mehrfacher Hinsicht verzaubert. Man möchte meinen, daß der Schienenverkehr, die Personenbeförderung mit ihren Tarifen, Techniken und Behördenmaßnahmen eine denkbar nüchterne Einrichtung wäre. Weit gefehlt. Wenn man allein die Fahrpläne betrachtet: welche enigmatische Märchenwelt tut sich einem hier auf. Nur seherische Weise vermögen diese sibyllinischen Bücher zu entschlüsseln. Und ich kenne kultivierte Menschen, die sich mit gleicher Leidenschaft in die gleichsam mondbeglänzten Zahlenreihen der Abfahrts- und Ankunftszeiten, die Akzidenzien der TEE- und IC-Züge, die Verkehrszeiten an Sonn- und Feiertagen vertiefen wie in die Partituren der späten Beethoven-Streichquartette. Welche geheimbündlerische Aura umstrahlt zum Beispiel die Schrebergartenvereine pensionierter Eisenbahnangehöriger! Gar nicht zu reden von der nostalgischen Wehmut, mit der Afficionados des Schienenverkehrs eine alte Dampflokomotive betrachten oder einen noch nicht renovierten Bahnhof aus der Gründerzeit. Nicht umsonst ist ein jüngst erschienenes Buch über solche Bahnhöfe mit dem Titel ›Schlösser aus Dampf‹ überschrieben.

Die Literatur hat, kaum daß es die Eisenbahn gab, sich dieses rätselreichen Phänomens bemächtigt. Eine Ballade von Fontane, eine Novelle von Gerhart Hauptmann zeugen davon, um nur zwei von unzähligen möglichen Beispielen zu nennen. Ein ganzer Kranz von Sagen windet sich um den Bau des Schienenstranges von New York nach San Francisco, viele Filme bezogen daraus ihren Stoff. Die Abenteuer Old Shatterhands begannen mit den Vermessungsarbeiten an dieser Bahnstrecke. Daß Fritz von Herzmanovsky-Orlando, mit einem sechsten Sinn für alles Mythische begabt, sich immer wieder der Institution Eisenbahn zugewandt hat, sei nur am Rande erwähnt: ›Kaiser Joseph und die Bahnwärterstochter‹ oder die Schilderung des Versicherns von Zügen hinter Mürzzuschlag im ›Maskenspiel der Genien‹ sind Höhepunkte der Arbeiten aus seiner Feder.

Hat man je gehört, daß Modell-Schiffe (obwohl ja das Schiff eine viel ältere Beförderungseinrichtung ist) oder Modell-Flugzeuge eine ähnliche Rolle spielen, eine ähnliche Faszination ausüben wie die Modell-Eisenbahn? Nicht wenige Erwachsene nehmen dieses Spielzeug aus ihrer Kinderzeit in ihre späteren Jahre hinüber. Herbert Eisenreich hat ein Buch über die Märchenwelt der Modellbahn geschrieben, und von eben diesem Herbert Eisenreich kenne ich aus erster Hand eine Anekdote, für deren Wahrheit ich mich verbürge. Das war so:

Erich Landgrebe, der Schriftsteller und Maler, hat sich in der Nähe von Salzburg, in Elsbethen, ein Haus gebaut, und zwar mit eigener Hand. (Er konnte das und war stolz darauf.) Das Haus steht an einem Abhang an der Westbahn Salzburg–Innsbruck. Herbert Eisenreich besuchte Landgrebe, Landgrebe zeigte Eisenreich das Haus und dann den prachtvollen Steingarten, bewachsen von vielen seltenen und schönen Pflanzen; er zog sich vom Haus in die Senke hinunter bis zur Straße, jenseits der Straße sind die Eisenbahnschienen. Als Landgrebe mit Eisenreich auf die Terrasse trat, schweifte des literarischen Gastes Blick zunächst anerkennend über die Blütenpracht, blieb dann aber irgendwo in der Ferne hängen und verklärte sich. »Herrlich, herrlich!« rief Eisenreich. Landgrebe nahm an, Eisenreich meine den herrlichen Garten, aber Eisenreichs Blick fixierte die Oberleitungsmasten der Westbahn jenseits der Straße. »Schauen Sie!« sagte er, »das ist noch einer der ganz wenigen Streckenabschnitte, an denen die alten Porzellan-Isolatoren B/29/29 angebracht sind. In ganz Österreich gibt es davon keine zwei Dutzend mehr.«

Die Musik und die Eisenbahn haben nicht so viele, wenngleich nicht weniger gewichtige Berührungspunkte. Man kennt Honeggers programm-musikalische Hymne an die Lokomotive ›Pacific 231‹ oder Villa-Lobos Klavierstück ›El trezinho de Caipirà‹ (›Der kleine Zug von Caipirà‹). Berühmt ist auch Dvořáks Leidenschaft für Eisenbahnen. Weniger bekannt ist, daß selbst noch der alte Rossini in einem Romanzenzyklus eine Eisenbahnfahrt besang. Das Theater hat sich – begrenzt durch die schwierige Divergenz der Medien – ebenfalls der Eisenbahn angenommen. In der großen Zeit des russischen Theaters, in den Zwanziger Jahren, hat es in Moskau eine Eisenbahn-Theater-Aufführung gegeben. Die Zuschauer saßen in einem Zug, der von Station zu Station fuhr, wo jeweils am Perron eine Szene des Stückes – das selbstverständlich von einer Reise mit der Eisenbahn handelte – gegeben wurde. Zur Feier des hundertfünfzigsten Jubiläums hat Peter J. Wyrsch in Nürnberg 1985 Ähnliches veranstaltet. Der erste Akt von Offenbachs ›La Vie Parisienne‹ spielt im Gare de l'Est in Paris. Ludwig Thomas genialer Schwank ›Erster Klasse‹ und Nestroys ›Eisenbahnheiraten‹ seien auch erwähnt; legion sind demgegenüber die bildlichen Darstellungen der Eisenbahn von hoher künstlerischer Qualität: beginnend schon mit William Turner über Manet bis zu Paul Delvaux.

Ganz selten allerdings hat sich die Oper der Eisenbahn zugewendet. Das erscheint auf den ersten Blick erstaunlich, weil ja auch die Oper eine mehr als geheimnisvolle Institution ist, ein Hort der Irrealität: wer singt, während er liebt oder ein Duell ausficht oder eine Bilanz verfaßt oder stirbt? Die Oper hat tausend positivistische Kritiken und hundert Krisen überstanden und steht heute, obwohl ein unnatürliches Kunstprodukt in beispielhaftem Sinn, so gefestigt und faszinierend da wie in den vergangenen fünf Jahrhunderten, seit die ›Dafne‹ Peris in Florenz über die Bühne gegangen ist. Aber vielleicht wäre die Verbindung der Faszination Oper mit der Faszination Eisenbahn einfach zuviel Mystifikation, und die Geschichte des bedauernswürdigen Komponisten Alfred Lamberti mußte daher vielleicht tragisch enden, weil der Mensch nicht versuchen soll, einen Mythos unserer Welt noch auf einen anderen draufzuschichten.

Lamberti, ein Carl-Orff-Schüler, hatte sich zu der Zeit, als er den Auftrag bekam, durch einige Orchesterwerke (›Accumulationen‹, ›... sive oder eventuell ...‹), Kammermusik (zwei Streichquartette), Klavierstücke und Lieder einen gewissen Namen gemacht und galt in Fachkreisen als avantgardistisch aber nicht unverständlich. Wie er zu dem Auftrag kam, ist nie ganz klar geworden. Der Neid der anderen Komponisten setzte verschiedene gehässige Gerüchte darüber in Umlauf. Es soll dahingestellt bleiben, denn es hat mit dem Verlauf, den die Sache nahm, nichts zu tun.

Bekanntlich wurde das Nationaltheater 1943 durch Bomben zerstört. Der Wiederaufbau zog sich lang hin, vor allem, weil die Meinungen darüber, *wie* man den Bau gestalten sollte, kontrovers waren. Die einen plädierten dafür, daß man die Gunst der Stunde, das Glück im Unglück der tabula rasa, die die Bomben hinterlassen hatten, nützen und eine radikale Neugestaltung wagen solle, wie es einige Jahre vorher beim Hauptbahnhof geschehen war, den der Krieg in ähnlichen Zustand versetzt hatte. Die anderen forderten eine nostalgische Rekonstruktion des alten Baubestandes. Nicht zuletzt die zahllosen Hinweise auf die inzwischen allen klar gewordene Scheußlichkeit und Unzweckmäßigkeit des Bahnhofsbaues bewirkte, daß die Meinungen sich endlich zur historischen Doublette neigten. (Es sei hier auf die erste Beziehung Oper–Bahn in dieser Affaire hingewiesen.)

Etwa im Jahr 1960 kristallisierte sich heraus, daß mit der Wiedereröffnung des alt-neuen Opernhauses für den Herbst 1963 zu rechnen sei. Es erhob sich zu dem Zeitpunkt langsam die Frage: womit, also mit welchem Stück solle das Haus eingeweiht werden? Carl Orff vertrat die

Meinung: mit der ›Bernauerin‹, Werner Egk war für ›Peer Gynt‹. Der Verein Deutscher Wagnerianerinnen e.V. schlug ›Parsifal‹ vor (was sonst), die Nationale Pfitzner-Gemeinde den ›Palestrina‹. Auch der ›Rosenkavalier‹ war im Gespräch, aber erstens – sagten die Musiker – müssen die Strauss-Erben nicht auch noch diese Tantiemen haben, und zweitens spiele der ›Rosenkavalier‹ nicht in München, sondern in Wien. Der ›Palestrina‹ herentgegen spielte in Rom und Trient und der ›Parsifal‹ nirgendwo. Der Ministerpräsident Goppel meinte, man solle den ›Verkauften Großvater‹ geben. Den Einwand, daß es sich bei diesem zugegebenermaßen zugkräftigen Stück um keine Oper handle, wischte Goppel mit dem Bemerken zur Seite, daß eben dann Tobi Reiser auf der Zither begleiten könne. Ähnliches habe er auf der Terofal-Bühne in Schliersee mehrfach erlebt.

Nun war es nicht abwegig, in den Archiven nachzuschauen. Das Opernhaus war ja immerhin schon zweimal eröffnet worden: einmal 1818 nach dem Neubau und das andere Mal nach dem Wiederaufbau auf den Brand von 1823 hin. Was wurde damals gegeben? 1818: ›Die Weihe‹, Festpiel in einem Akt von Albert Klebe mit Musik von Ferdinand Fränzl, 1825: ›Aschenbrödel‹. Großes Ballett mit Feerie aus der Feder eines Herrn Horschelt, von dem nicht einmal mehr der Vorname bekannt war. Daß keines der Werke für die neuerliche Eröffnung in Frage kam, stand somit außer Zweifel.

Wie gesagt, es ist von Legenden und neidvollen Gerüchten umrankt, wie der Auftrag an Alfred Lamberti zustande kam, für die Wiedereröffnung des Nationaltheaters eine ganz neue Oper zu schreiben. Tatsache ist lediglich, daß Lamberti 1960 diesen Auftrag erhielt, und man dachte im Kultusministerium und in der Intendanz, damit alle Diskussionen beendet zu haben. Einige Auflagen allerdings erhielt Lamberti hinsichtlich des Textes: die Oper müsse in München oder näherer Umgebung spielen, der Textdichter müsse katholisch sein, und das

Sujet dürfe in sittlicher und politischer Hinsicht keinen Anstoß erregen.

Lamberti wählte den relativ unverfänglichen, weil historischen und doch dezidiert bayerischen, wenngleich eher tragischen Stoff: ›Tassilo, der letzte Herzog‹. Textdichter: Wolfgang Johannes Bekh, unzweideutig katholisch.

Zwei Jahre brauche er, sagte Lamberti, und – wenn das Werk den hohen Erwartungen entsprechen solle – vor allem Ruhe. Das sahen alle ein. Der Freistaat Bayern wies Lamberti Schloß Nymphenburg für die zwei Jahre zu und außerdem das Symphonieorchester des Rundfunks, damit sich Lamberti die fertigkomponierten Teile immer gleich vorspielen lassen konnte. Sänger auch, denn es sollte auch gesungen werden, logisch, sonst wäre es keine Oper. Als gegen Ende September 1960 das Libretto fertiggestellt war und Lamberti ins Schloß Nymphenburg einziehen wollte, legte sich aber die Schlösser- und Seenverwaltung quer: da könnten zwei Jahre keine Führungen gemacht werden, was ungeheuren Ausfall an Einnahmen mit sich bringe, außerdem die vielen Musiker und das Parkett, und wer weiß, was dieser Lamberti dann sonst noch dort alles treibe, und so fort.

Macht nichts, sagte der Ministerpräsident, bekommt Lamberti eben Schloß Fürstenried, das ist kleiner, viel kleiner, aber für eine einzige Oper – natürlich hat das Symphonieorchester dort nicht Platz, aber ein Streichquartett ... Aber was der Ministerpräsident (der immer noch leicht krätzig war, weil man seinen Vorschlag mit dem ›Verkauften Großvater‹ mit Stillschweigen überging) nicht bedachte, war, daß die Kirche das Schloß Fürstenried als Exerzitienort brauchte. Es wurde um die Zeit aber zufällig eine Villa in Solln frei, die dem Kultusministerium gehörte. Diese Villa wies der Minister dem Lamberti zu, der schon darauf brannte, endlich mit seinem ›Tassilo‹ anzufangen. Kurz bevor er mit einer Aktentasche voll vorläufiger Skizzen in die Villa einziehen wollte, ergab sich, daß die Villa in den betreffenden zwei Jahren jedes Wochenende mit Tagungen für Sportlehrerfortbildung belegt war. Das Eichamt aber hatte eben eine Dienstwohnung in Moosach frei, in die dann Lamberti fast eingezogen wäre, wenn sich nicht knapp zuvor herausgestellt hätte, daß diese Wohnung für den neu berufenen Inhaber des eben geschaffenen Postens eines vierten PR-Referenten des Fremdenverkehrsamtes gebraucht werde. Aufgabe dieses Referenten war: München als hundefreundliche Stadt in das Bewußtsein der Welt zu hämmern und den Hundedreck in den Straßen wegzudiskutieren. (Der PR-Referent kostete der Stadt jährlich 48000 Mark, den Hundedreck wegzuräumen hätte 4 Millionen gekostet.) Klar, daß dem der Vorzug gegeben werden mußte.

Da kam ein kunstliebender Bundesbahndirektor auf die Idee, dem Lamberti ein Zugabteil zur Verfügung zu stellen. »Eigentlich«, sagte der kunstliebende Bundesbahndirektor, »würde man hier in erster Linie an Züge mit musikalischen Namen denken, *Rosenkavalier* oder *Rheingold* oder *Mozart*, aber die fahren alle ins Ausland, und da treten natürlich sofort erhebliche internationale Schwierigkeiten auf. Wir müssen eine innerdeutsche Verbindung wählen. Ich denke an den *Glückauf*. München ab 15 Uhr 57, Dortmund an 23 Uhr 12, über Würzburg, Frankfurt, Köln. Fährt eh meistens leer, habe ich mir sagen lassen.«

Es könnte hier die Frage auftauchen: warum ging Alfred Lamberti nicht allen diesen Schwierigkeiten aus dem Wege und komponierte die Oper daheim? Das war damals für Lamberti leichter gesagt als getan. Seine Frau, der die Wohnung gehörte, hatte sich von ihm getrennt. Er wohnte seit einem halben Jahr in Untermiete. Dem Vermieter hatte er schriftlich gänzliche Unmusikalität und vor allem absolute Unkenntnis eines Instrumentenspiels zugesichert. Zweihundert Bewerber hatten sich für das Zimmer gemeldet. Lamberti verdankte es, daß die Wahl auf ihn fiel, seiner schlagfertigen Antwort auf die

Frage des Vermieters: »Spielen Sie Klavier?« »Was Spielen ist, weiß ich«, hatte Lamberti geantwortet, »nur – was ist das: Klavier?«

So bestieg also Alfred Lamberti den *Glückauf*. Ein Streichquartett wäre schon in der Eichamtswohnung nicht mehr möglich gewesen. Dort hätte die Opernintendanz ein Klavier zur Verfügung gestellt. Das paßte aber nun nicht in das Zugabteil. Es wurde daher auf Kosten des Kultusministeriums der Akkordeonspieler Hingerl Sepp engagiert, der Lamberti begleiten und auf dessen Anweisung die komponierten Passagen spielen sollte. Hingerl Sepp hatte damals bei den Folkloreabenden in Reit im Winkel einen gewissen, recht guten Ruf. Daß er auch einen anderen, nicht so guten Ruf hatte, stellte sich bald heraus, schmerzlich für Lamberti.

Ab München 15 Uhr 57. Lamberti ordnete seine Skizzen. Er hatte ja Zeit. Hingerl Sepp langweilte sich. Er quetschte ein wenig auf seiner Ziehharmonika herum: »Zwoa Brettln, a gfüriger Schnee, juchee...«, »Almenrausch und Enzian« usw. »Glauben Sie, ich kann eine Oper schreiben, wenn Sie solche Schnulzen orgeln?« fuhr ihn Lamberti an. »Dann eben nicht«, maulte Hingerl Sepp. Das Klima zwischen den beiden wurde schlagartig eisig und blieb es. In Mainz (an 20 Uhr 16, ab 20 Uhr 24) stieg Hingerl Sepp kurz aus – und kam nicht wieder. Lamberti schrieb. Hingerls Fehlen merkte er gar nicht. In Dortmund wurde der Waggon (Service der Bundesbahn für diesen Fall) auf ein ruhiges Nebengleis geschoben, Lamberti legte sich ins dafür vorbereitete Gepäcknetz zum Schlafen. Ab Dortmund 6 Uhr 49, in Mainz (9 Uhr 43) stieg Hingerl Sepp wieder zu, als sei nichts gewesen. Draußen winkte eine Blondine. »Lilli«, sagte Hingerl, wenngleich eisig. Lamberti sagte nichts, reichte nur einige Skizzen hin, die Hingerl spielen sollte. Lustlos tat es Hingerl. Den schnellen Mittelteil ließ er aus. »Das kann kein Mensch spielen«, sagte er, zog seine Schuhe aus und legte sich auf die Bank. Er war übernächtigt.

In Augsburg (13 Uhr 32) sah Hingerl Sepp auf Bahnsteig 5 drüben eine alleinstehende Mittvierzigerin, die auf einen Zug nach Buchloe wartete. Als er am nächsten Tag (16 Uhr 26) wieder zustieg, erfuhr Lamberti, daß sie Gaby geheißen hatte. In Elberfeld (22 Uhr 31) stieß Hingerl auf Yvonne, in Koblenz (8 Uhr 53) auf Susi, die aber eigentlich Sieglinde hieß, sich nur lieber Susi nennen ließ, in Bonn (21 Uhr 35) auf Gundula, in Frankfurt-Flughafen (10 Uhr gradaus) auf Nancy, die eben aus Chicago kam. Von da ab registrierte Lamberti keine Namen mehr, machte nur noch Striche: Zwanghaft – ärgerte sich darüber, konnte nichts dagegen machen, so wie andere Fenster zählen oder nach Mustern im Pflaster gehen. An Komponieren war fast nicht zu denken.

Auch andere Mißhelligkeiten traten ein: Lyriker, die von der Sache gehört hatten, brachten ihre Gedichte an den Zug mit der Bitte, sie vertont in die Oper einzubauen. Geschichtsprofessoren erboten sich, Lamberti umfassend über die Karolingerzeit aufzuklären. Ganz neue Libretti wurden durchs geöffnete Fenster ins Abteil geworfen. (Eins bezog sich auf Adolf Hitler »– wenn auch«, stand in dem Vorwort, »– so doch immerhin –«.) In Hagen (7 Uhr 12) stand eines Tages der Bürgermeister am Perron und bot 400 Mark, wenn seine Stadt in der Oper genannt würde. Aber auch Morddrohungen seitens anderer Komponisten. Papiere wurden aus dem Abteil gestohlen – es waren aber zum Glück nicht Lambertis Skizzen, sondern Hingerls Adressen.

Daß das Werk unter diesen mißlichen Umständen nicht gedieh, ist nicht verwunderlich. Die Szene, in der Herzog Tassilo zu Ingelheim zwangsweise geschoren wurde, schrieb Lamberti neunundzwanzigmal, und neunundzwanzigmal verwarf er sie wieder, dreizehnmal, als der Zug dort in Ingelheim vorbeifuhr (ca. 20 Uhr 30, hält nicht dort).

Im Spätsommer 1961 bemerkte Alfred Lamberti – auf einer Hinfahrt – gegen 19 Uhr, daß ihm nicht geläufige

Gegenden den Zug begleiteten. Höchst beunruhigt blickte er aus dem Fenster. (Hingerl Sepp schlief, er hatte letzthin wieder eine anstrengende Nacht gehabt.) Nie gehörte Stationsschilder tauchten auf: Rottendorf, Seligenstadt, Wipfeld, Wingolshausen – viel später, erst bei einer bahnamtlichen Untersuchung, stellte sich heraus, daß ein neidischer Alcetoriker Lambertis Waggon in Würzburg an einen Lokalzug angehängt hatte, der in die tiefste Provinz fuhr. Lambertis Hilferufe verhallten ungehört im unterfränkischen Dickicht. Erst in Mellrichstadt erlöste ein aufmerksamer Fahrdienstleiter den Komponisten aus seiner Zwangslage und ließ den Waggon an den nächsten Zug, der wieder nach Würzburg fuhr, ankoppeln. Eine Nacht stand der Waggon auf einem schaurigen Nebengleis. Hingerl Sepp lernte damals Ingeborg kennen, Miß Grabfeld 1958.

Als dann im November 1963 das alt-neue Haus am Max-Joseph-Platz auf Wunsch Karl Böhms mit der ›Frau ohne Schatten‹ eröffnet wurde, fuhr ein vereinsamter Lamberti, vergessen von Kultusministerium, Intendanz und Bundesbahndirektion, immer noch im »Glückauf« zwischen München und Dortmund hin und her. Sepp Hingerl hatte 1962 in Bonn (20 Uhr 37) geheiratet und war seßhaft geworden. Lamberti dämmerte dem Wahnsinn entgegen. Er bildete sich ein, Herzog Tassilo zu sein, und schrie jedesmal, wenn der Schaffner kam: »Ich lasse mich nicht scheren.« Die halbfertige Partitur hatte er in einem Anflug von Selbstzerstörung in Milch (aus dem Speisewagen) aufgeweicht und aufgegessen.

Gehehe, der sehr große Vogel

Unter den vielen tausend Inseln des indonesischen Reiches hat es in den fünfziger Jahren unseres Jahrhunderts einige gegeben (vielleicht gibt es heute noch welche), die noch unberührt waren. Ihre Bevölkerung war noch nie mit der übrigen Welt in Berührung gekommen, war isoliert, lebte so wie seit Jahrtausenden, ohne Geschichte, ohne Erinnerung, wie ihre Ahnen auf die Insel gekommen waren. Sie hielten ihre Insel für die Welt, das Meer für das Weltall.

Eine dieser Inseln hieß *Tam,* was in der Inselsprache (einem polynesischen Unterdialekt) soviel wie: *die bewohnte Erde* bedeutete. Auf Tam lebten etwa vierhundert Menschen. Die Sterblichkeit glich die Geburtenrate immer ungefähr aus: manchmal gab es vierhundertzehn Tamesen, manchmal dreihundertneunzig; fünfhundert nie, weniger als dreihundert auch nie. Im übrigen wußten sie selber nicht, wie viele sie waren, denn sie konnten nicht weiter als bis drei zählen: *hom* = eins, *gom* = zwei, *mom* = viele.

Sie lebten von den vielen Früchten, die auf der Insel wuchsen, und vom Fischfang. Ihre Boote waren so einfach, daß sie nicht wagen konnten, weiter als auf Sichtweite der Insel aufs Meer hinauszufahren. Wenn die Kuppe des Inselberges unter der Kimm zu verschwinden drohte, kehrten sie um. Auch war ihnen Navigation unbekannt. Sie sahen auch keinen Grund, weiter hinauszufahren, denn das Wasser um die Insel war ausnehmend fischreich – mehr als man brauchte –, und ihrer Meinung nach war außerhalb ohnedies nichts. Genauere Vorstellungen von diesem *Nichts* zu machen, lag den Tamesen fern.

Sie lebten in Familienverbänden. Ansatzweise waren politische Strukturen vorhanden: jede Familie hatte einen

Ältesten, die Ältesten kamen ab und zu zusammen und losten einen Häuptling aus, der dann auf Lebenszeit amtierte und eine gewisse Autorität hatte. Er schlichtete die Streitigkeiten.

Die Religion war sehr einfach: Naturphänomene galten als gute oder böse Gottheiten. Die Menschenseele wird nach dem Tod ein nicht-eßbarer Fisch.

Vor mehr als zwei, also vor vielen Jahren, trat ein Phänomen auf, das bei allen solchen und ähnlichen Gemeinwesen ein religiöses Umdenken bewirkte, und das in der Ethnologie unter dem Begriff *Cargo-Kult* bekannt ist. Die Tamesen, deren Insel weitab von allen Schiffsrouten lag, hatten nie ein fremdes Schiff, auch nicht am Horizont, gesehen. Als aber der amerikanisch-japanische Pazifik-Krieg ausbrach, sahen sie Flugzeuge. Die Auswirkung war klar: sie hielten diese dröhnenden, in der Sonne blitzenden Vögel für neue Gottheiten. Binnen weniger Jahre etablierte sich eine neue Religion, die Anbetung der Flugzeuge. *Flugzeug* hieß auf Tamesisch: Gehehe (= sehr großer Vogel). Da das Flugzeug am Himmel als Kreuz erscheint, verehrten die Tamesen von da ab das Kreuz-Zeichen. Sonst lief alles seinen gewohnten Gang weiter.

Zu der Zeit, als *Demong* aus der Familie der *Nede* zum Häuptling ausgelost wurde (nach dem Tod des Häuptlings *Heng)*, und zwar, als *Demong* schon mehr als zwei Jahre regiert hatte, ereignete sich etwas, was das Weltbild der Tamesen völlig umkrempelte. Am Horizont tauchte ein *Gehehe* auf. Demongs Hauptfrau, eine von Natur aus neugierige Person, die alles scharf beobachtete, saß gerade am Strand und weichte Palmwedel ein. Sie stellte sofort fest, daß dieses Gehehe weit niedriger flog als üblich. Sie schrie. Die anderen Frauen kamen gelaufen, dann auch die Männer. Demong beschattete seine Augen mit der Hand. »Das Gehehe berührt mit dem Bauch das Wasser«, schrie die Hauptfrau des Häuptlings (sie hieß Atma). »Unsinn«, sagte Demong. Da spritzte weit draußen das Wasser auf, es gab einen bis auf die Insel hörbaren

Knall, ein Feuerpilz war zu sehen, Rauch stieg auf – und das Gehehe war verschwunden.

Am Abend kehrten Fischer zurück und brachten einen nassen Menschen mit, wie die Tamesen noch keinen gesehen hatten.

Es handelte sich um den Doktor der Botanik Malcolm S. Bolling aus Denville, Iowa, Professor an der University of Kansas, der mit vierzehn Kollegen zu einem Kongreß nach Bangkok fliegen wollte. Da auch in Sydney ein Kongreß war, flogen die fünfzehn zunächst nach Sydney, hörten oder hielten Vorträge über wichtige botanische Probleme, und stellten dann fest, daß sie einen guten Schnitt mit ihren Reise- und Tagegeldern machen würden, wenn sie zu dem weiteren Kongreß nach Bangkok nicht mit einer Linienmaschine, sondern mit einem gecharterten Flugzeug reisen würden. Das rechnete ein Botaniker aus Vernon aus, ein smarter Mittvierziger namens Burfried F. Beyle. Es war so ziemlich das letzte, was er in seinem Leben ausrechnete, denn das gecharterte Flugzeug, ein offenbar älteres Modell, verlor nach drei Stunden Flug aus ungeklärten Gründen an Höhe, ein Triebwerk fiel aus. Die Botaniker erbleichten. Der Pilot sagte über Bordlautsprecher: »Nur Ruhe, es kann nichts passie – –«, da blatschte das Flugzeug auf dem Meer auf und explodierte.

Malcolm S. Bolling fand sich – nach wie langer Zeit, wußte er nicht – im Meer schwimmend, seine Hand umklammerte ein hölzernes Servierbrett, auf dem ihm die Stewardess kurz vor dem Absturz Kaffee serviert hatte. Es beruhigte Bolling ganz erheblich, daß er am Horizont die Kuppe eines Berges sah. Er versuchte seine Schwimmweste aufzublasen. Es ging nicht. Mit einiger Mühe gelang es ihm, die Schwimmweste wenigstens auszuziehen. Sie verschwand wie ein Stein in der Tiefe. Nach einer Stunde vielleicht ruderte ein primitiver Katamaran auf Bolling zu und nahm ihn an Bord. Was die vier nackten Fischer zwitscherten, verstand Bolling nicht. Das Servierbrett hielt er immer noch fest umklammert.

Die Tamesen, oder besser gesagt, die Familie, der das Boot gehörte, dessen Besatzung den nassen Menschen im Meer gefunden hatte, diskutierte die Frage: soll dieser Fisch gebraten oder gesotten, oder kann er roh gegessen werden? Zunächst wurde er an einem Baum festgebunden. Das Servierbrett nahm der Familienhäuptling an sich. Bevor die kulinarische Frage aber ausdiskutiert war, drang die Nachricht von dem Fund zum Inselhäuptling, und der verfügte, daß der Mensch-Fisch unverzüglich, möglichst noch lebend, zu ihm zu bringen sei. Die Angehörigen der Familie, die ihn gefunden hatte, meuterten zwar, fügten sich aber dem Gebot, banden Dr. Bolling an Händen und Füßen an eine Stange, tauchten ihn ein paarmal ins Wasser, damit der naß bleibt, und trugen ihn ins – wenn man so sagen kann – »Hauptdorf«. (Schon als Dr. Bolling noch am Baum festgebunden war, hatten sie ihn, um ihn feucht zu halten, in regelmäßigen Abständen mit Wasser überschüttet.)

Demong ließ den Mensch-Fisch in einen kleinen Bach legen oder besser gesagt: hängen, indem die Stange, an der er festgebunden war, wie ein Steg über das Wasser gelegt wurde. Dem Häuptling fiel dabei auf, daß der Mensch-Fisch verzweifelt darauf achtete, seinen Kopf über Wasser zu halten. Demong machte sich seine Gedanken darüber.

Mit der Familie der Fisch-Mensch-Finder wurde folgendes vereinbart: falls der Fund gegessen würde, wird die Mahlzeit zwischen Häuptlings- und Finder-Familie geteilt. Das ohnedies Wertvollere (das Servierbrett) dürfe der Finder-Familienhäuptling behalten. Im übrigen hielt Häuptling Demong den Fisch-Mensch oder Mensch-Fisch auf Grund seiner seltsam faltigen Haut für nicht eßbar, weswegen er womöglich als Seele eines Verstorbenen zu betrachten wäre. (Was Demong für Haut hielt, war Dr. Bollings Anzug. Kleidung war auf der Insel Tam unbekannt.)

Demong setzte sich an den Bach und betrachtete den Fang, der da ins Wasser hing und seinen Kopf verrenkt aus dem Wasser reckte. »Er schaut fast wie ein Mensch«, sagte Demong zu seinem Freund und Vetter Gamong. »Mhm«, sagte Gamong. »Und ich habe auch noch nie einen Fisch so schreien hören«, sagte Demong. »Klingt fast so, als wolle er uns was sagen«, sagte Gamong. »Vielleicht ist er gar kein Fisch«, sagte Demong, »komm einmal, wir probieren's.« Sie standen auf und hoben die Stange mit Dr. Bolling aus dem Bach, legten ihn – immer noch angebunden – in die Sonne. »Wenn er trocknet und doch nicht stirbt, ist er kein Fisch.« »Er lächelt, kommt mir fast vor«, sagte Gamong.

Als nach zwei Stunden der Mensch-Fisch ganz trocken und doch nicht tot war, verdichtete sich in Demong eine Vermutung. Er ließ seine Lieblingsfrau Atma und nochmals die Fischer kommen, die das Wesen aus dem Meer gefischt hatten, und befragte sie, begab sich auch mit ihnen an die Stelle am Strand, von wo aus Atma das Verschwinden des Gehehe im Meer beobachtet hatte. Es gab bald für Demong keinen Zweifel: die Fischer hatten das Wesen mit der faltigen Haut genau dort aus dem Meer gezogen, wo das Gehehe verschwunden war.

»Du meinst, erlauchter Häuptling und Vetter –?« fragte Gamong. »Ja«, sagte Demong, »wir müssen jedenfalls vorsichtig sein. Vielleicht geben wir ihm etwas zu essen.«

Dr. Bolling rieb sich die Handgelenke. Die Tortur im Bach hatte er kaum überlebt. Lang hätte er den Kopf nicht mehr über Wasser halten können. »Ihr Blödmänner – ich bin ein Mensch – Hilfe! Hilfe!« und dergleichen hatte er geschrien. Auch der große Kessel, den die Frauen mit Blättern auswischten und dabei immer zu ihm herüberschauten, entging ihm nicht. Es entging ihm allerdings auch nicht – obwohl die Beobachtung angesichts seiner Situation untergeordnet war –, daß die Frauen völlig nackt und sehr hübsch waren. Als er dann in der prallen Sonne lag, bekam er fast einen Sonnenstich und hatte schon Wahnvorstellungen. Er hörte sich schreien: »Gestatten, mein Name ist Malcolm S. Bolling«, und »ich bin aus Denville, Iowa und Bürger der Vereinigten Staaten«, und mußte dann selber darüber lachen, und mußte dann darüber lachen, daß er in dieser Lage lachen mußte –

Aber dann wurde, schon eine ungemeine Beruhigung, der Kessel weggeräumt, und dann banden die nackten Wilden ihn los, nur den rechten Fuß banden sie nicht los, sondern ließen ihn angebunden und banden das andere Ende an einen Baum; wie man einen Hund anbindet. Sie gaben ihm zu essen: gekochtes Gemüse und ein paar Stückchen Fisch, gar nicht schlecht. Als eine der nackten Schönen – auch *gar* nicht schlecht, dachte Bolling – das Essen vor ihn hinstellte, merkte er, daß er Hunger hatte. Seit den drei Plätzchen, die neben dem Kaffee auf jenem Servierbrett lagen, das ihm die Stewardess serviert hatte, die jetzt mit vierzehn Botanikern und einem Piloten und einem Copiloten von Fischen angeknabbert wird, seit jenen Plätzchen hatte er nichts mehr gegessen.

Die Kanaken (so nannte sie Bolling für sich, nicht ganz falsch, ethnologisch gesehen, aber er meinte es als Schimpfwort) umsaßen ihn, während er aß, in einem Umkreis mit einem Durchmesser von respektvollen zehn Metern und gafften ihn an. Nur Männer saßen da. Die Frauen und Mädchen mit den Kindern hüpften weiter hinten hin und her und kicherten.

Als Bolling fertig gegessen hatte, stand einer der Wilden auf und kam zu ihm her. Auch Bolling stand auf. Der Wilde verbeugte sich, zog zweimal an seinem Penis und sagte: »Demong.« Bolling verbeugte sich nur und sagte: »Bolling.«

Demong verbeugte sich nochmals, zeigte auf Bolling und sagte: »Bolling?« Bolling verbeugte sich und sagte: »Bolling.« Dann zeigte er auf Demong und sagte: »Demong?« Demong lachte und sagte: »Demong.«

Als Demong sicher war, daß Bolling so, ohne Gehehe, nicht fliegen konnte, wurde er losgebunden. Er durfte in der Häuptlingshütte schlafen, merkte allerdings, daß stets eine Wache am Eingang saß, die Bolling nicht aus dem Auge ließ. Die Wachen wechselten sich natürlich ab.

Bolling wurde gut ernährt. Er nahm seine Mahlzeiten mit dem Häuptling, manchmal auch mit Vetter Gamong ein. In der dritten Nacht ließ Demong seine Lieblingsfrau Atma kommen und besprang sie unter lautem Gelächter. Als er fertig war, machte er eine höfliche Verbeugung und deutete auf Bolling. Atma kicherte weiter, kniete da mit offenen Beinen und reckte den goldbraunen Hintern in die Höhe.

Bolling zögerte. »Bolling! Bolling!« schrie Demong und lachte. Seit sich Bolling von seiner Frau – Mrs. Joyce Bolling – an einem Abend vor... vor wieviel Tagen? Bolling war in der Zählung der Zeit durcheinandergekommen durch all das, was er erlebt hatte... seit er sich da ehelich verabschiedet hatte, bevor er nach Sydney flog, hatte er in der Hinsicht enthaltsam gelebt. Als elf der Kollegen in Sydney ins Bordell gingen (das letzte Mal in ihrem Leben, was sie aber natürlich nicht wußten), war Bolling nicht mitgegangen. Was wohl Joyce jetzt gerade machte? Ob sie schon ... »Bolling! Bolling!« schrie Demong und lachte. Bolling zog seine Hose aus.

Bolling hielt es für Höflichkeit und Gastfreundschaft, daß ihm Demong seine Frau leihweise überließ. Das war es auch, aber nur zum Teil, zum Teil war es auch Neugier. Demong wollte sehen, ob Bolling einen Penis hatte. Nun sah er das, stellte gleichzeitig fest, daß Bolling unter der blauen, faltigen Haut noch eine etwas glattere, rosarote Haut hatte.

Als am nächsten Abend die erste Nebenfrau Demongs gerufen wurde – sie hieß Tatma –, ließ Demong schon höflich Bolling den Vortritt.

Nach wenigen Tagen hatte Bolling schon so viele Wörter in der Sprache dieser Wilden aufgeschnappt, daß er sich, was die einfachsten Bedürfnisse betraf, verständigen konnte. Nach vier Wochen war eine primitive Unterhaltung möglich, nach drei Monaten – beflügelt durch den Zwang – beherrschte Bolling die Tamesensprache fließend.

»Es gibt also«, sagte Demong, »außer uns auf dieser Insel noch andere Länder und Menschen?«

»Viele Tausende«, sagte Bolling. (Er sagte: »mom-mom, mal mom-mom mal mom-mom.)

»Hm«, sagte Demong. »Und die Gehehe sind keine Vögel, sondern Schiffe, die durch die Luft gleiten?«

»So ist es«, sagte Bolling, »und jeder kann in so ein Gehehe einsteigen – es sieht drin aus wie in einer eisernen Hütte, etwa mom-mom-mal so groß wie die hier – und damit übers Land oder übers Meer fliegen. Es ist völlig ungefährlich. Meistens«, fügte er schnell hinzu.

»Und die Menschen alle haben so eine zweite Haut an wie du?«

»Mehr oder weniger«, sagte Bolling.

»Ist das nicht scheußlich unbequem?«

»Man gewöhnt sich daran«, sagte Bolling.

Demong hatte einmal aus Jux Bollings Jacke probiert, hatte sich fast totgelacht. Er zeigte sich damit seinem Volk, drehte sich herum und stolzierte auf und ab. Auch das Volk lachte sich fast tot. »Ich weiß nicht, ob du das tun solltest«, hatte Bolling gesagt, »es schadet möglicherweise deiner Würde als Häuptling.« »Da hast du wahrscheinlich recht«, sagte Demong und ließ die rangniedrigste Nebenfrau – sie hieß Pip –, die besonders laut gelacht hatte, schlachten und braten. Zur Abschreckung. Bolling aß nicht mit. Noch nicht.

»Ich versteh' nicht«, sagte Bolling, »warum ihr Menschen eßt, nicht aber die nicht-eßbaren Fische?«

»Die nicht-eßbaren Fische sind die Seelen der Verstorbenen«, sagte Demong. »Wir essen nur Fleisch, keine Seelen.«

Übrigens war Bollings äußere, faltige Haut – ein dunkelblauer Flanell-Anzug – in einem sehr schlechten Zustand, wie man sich denken kann: das Salzwasser und überhaupt das feucht-heiße Klima; der Stoff war nach wenigen Monaten kurz davor, sich in Fäden aufzulösen. Nur das Seidenfutter hielt ihn vorerst noch zusammen. Schuhe hatte Bolling ohnedies keine mehr, die waren wohl, als er aus dem explodierenden Flugzeug geschleudert wurde, davongeflogen. Meistens ging Bolling in der Unterwäsche herum, die allerdings auch nicht mehr gut ausschaute. Das Hemd und die Socken, die noch am ehesten angingen, hob Bolling für alle Fälle auf. Was sollte für ein »Fall« auftreten? Bolling wußte es nicht.

Als wieder einmal – nach Bollings kursorischer Berechnung war Dezember – ein Gehehe hoch über der Insel vorbeiflog, veranlaßte Bolling die Tamesen, ein großes Feuer zu machen, und versuchte mittels Palmwedel Rauchsignale zu geben (Bolling war in seiner Jugend Pfadfinder gewesen), aber es passierte natürlich gar nichts. Ein paar Mal probierte Bolling Demong zu überreden, mit einem Boot weiter nach Westen zu fahren, dort – meinte Bolling – müsse die nächste Insel sein. Aber Demong zeigte überhaupt kein Entgegenkommen.

»Könnte auch *ich*«, fragte Demong, »in einem Gehehe mitfliegen?«

»Selbstverständlich«, sagte Bolling.

Demong dachte lang nach.

»Du müßtest es nur gestatten, daß wir mit einem Boot weiter nach Westen fahren«, sagte Bolling wieder einmal, »wir müßten vielleicht Proviant für längere Zeit mitnehmen, und Wasser. Vielleicht könnten wir ein festeres Boot bauen ...«

»Nein, nein«, sagte Demong, »das ist viel zu gefährlich. Das Meer ist viel zu unsicher. Und denke an die ganzen Seelen der Verstorbenen, die darin herumschwimmen.

Verstorbene sind mißgünstig. In der Luft schwimmen keine Seelen.«

»Was meinst du damit?«

»Du könntest etwas anderes bauen. Ein Gehehe.«

Bolling lachte.

»Du findest das auch einen guten Plan?« sagte Demong und lachte auch.

»Das geht nicht«, sagte Bolling. »Gehehe sind aus *Metall.«* (Er benutzte das englische Wort.)

»Was ist das: Metall?«

Einer der wenigen Gegenstände, die Bolling geblieben waren, war ein Taschenmesser, das er in der Hosentasche bei sich gehabt hatte. Von Anfang an hatte die Tamesen dieses Messer verwundert. Bolling zog es heraus und machte es auf. »Das ist *Metall.«*

»Hm«, sagte Demong, »aber ich bin sicher, daß man ein Gehehe auch aus Holz machen kann.«

»Nein«, sagte Bolling.

»Doch«, sagte Demong, und Bolling glaubte einen Unterton zu hören, der etwas entfernt von der gewohnten Freundlichkeit war. Abends – es war Vollmond – war dann zwar die alte Freundschaft wieder da. Demong rief zwei seiner Nebenfrauen in die Hütte, die sich sogleich auf alle viere niederließen, die Hintern hochreckten und die Schenkel öffneten. Unter großem Gelächter schoben sie Demong und Bolling ein paarmal durch die Hütte. Als sie dann auf dem Palmstroh lagen und sich von den Frauen mit Kokosöl einreiben ließen, sagte Demong:

»Es ist aber doch nicht so, daß du nur dein Geheimnis für dich behalten willst?«

»Welches Geheimnis?«

»Wie man ein Gehehe baut.«

»Bestimmt nicht. Wenn ich dir sage: es ist ungeheuer schwierig, ein Gehehe zu bauen, und es gibt nur wenige, die es können –«

»Ich glaube aber doch, daß du nur dein Geheimnis für dich behalten willst«, sagte Demong, wieder sehr kühl.

»Ich *kann* es nicht«, sagte Bolling ärgerlich.

»Wenn du kein Gehehe baust«, sagte Demong, »dann bist du für uns von wenig Wert. Außer in gebratenem Zustand.«

Da fing Bolling am nächsten Tag damit an.

Selbstverständlich hatte Bolling für den Bau des Gehehe alle Vollmachten vom Häuptling. Bolling ließ dünne Bäume fällen. (Die Tamesen arbeiteten sehr geschickt mit Steinäxten.) Die so gewonnenen Stangen ließ er auf die Bergkuppe transportieren. Dort befahl er einen Abhang, der ihm geeignet erschien, zu roden. Das dauerte alles seine Zeit. Demong fragte jeden Tag, wann das Gehehe endlich fertig sei.

»Ein Gehehe zu bauen erfordert dort, wo sie dafür eingerichtet sind, schon ein *Jahr*«, sagte Bolling.

»Was ist ein *Jahr?*« fragte Demong.

»Mom-mom Tage, soviel Mondwechsel wie du Finger hast und zwei Zehen dazu«, sagte Bolling. Bolling war natürlich darauf aus, Zeit zu gewinnen. Wofür? Er hoffte – vielleicht unsinnigerweise, das sagte er sich selber – daß doch noch ein Schiff auftauchen würde, daß man ihn womöglich sogar suchen werde. Eine winzige Chance. Den Häuptling davon zu überzeugen, daß es nicht ging, ein Flugzeug zu bauen, war aussichtslos.

Demong schaute seine Finger und seine Zehen an. »Soviel Finger und zwei Zehen?«

»Ja«, sagte Bolling.

»Gut«, sagte Demong, er war nicht ganz ohne Vernunft in der Sache, »hier brauchst du natürlich länger. Mom (also: drei) Zehen.«

Die Arbeitsgeschwindigkeit der Tamesen kam der Intention Bollings auf Zeitgewinn stark entgegen. Mehr als höchstens zwei Stunden pro Tag bewegten sich die Tamesen nicht. Demong ließ sich von Atma aus getrockneten und gefärbten Blütenblättern dreizehn kleine Ringe flechten, die er nebeneinander ans Kopfende seiner Schlafmatte legte. Beim ersten Mondwechsel steckte er den ersten an: an den linken kleinen Finger. Beim zweiten Mondwechsel den zweiten an den linken Ringfinger. Um die Zeit, als Demong den dritten Ring an den linken Mittelfinger steckte, kamen im Harem des Häuptlings die ersten hellerhäutigen Kinder zur Welt. Einen besonders kräftigen Knaben nannte Demong: Obolling (= kleiner Bolling).

Bolling war nicht nur Pfadfinder gewesen, er hatte auch gebastelt. Er versuchte sich zu erinnern. Er experimentierte. Demong schaute interessiert zu. Aus kleinen Stäbchen, die er mit seinem Taschenmesser zurechtschnitzte, band er ein Segelfliegermodell zusammen. Er kletterte damit auf Bäume, warf es. Das vierte Modell flog. Demong war begeistert. Er schenkte Bolling zwei eigene Frauen und ließ ihm eine eigene Hütte bauen. Bolling durfte sich die Frauen aussuchen. Er wählte Keka, eine Tochter Demongs, die, soweit Bolling die Sachlage überblicken konnte, die schönsten Brüste hatte, und ein Mädchen namens Leng aus dem Nachbardorf, die besonders gern und ausdauernd lachte.

Als Demong den Ring an den rechten Daumen steckte, begann Bolling das Modell – oben auf dem gerodeten Abhang – maßstäblich ins Große zu übertragen. (Der Abhang mußte oft nachgerodet werden; es wucherte alles sehr schnell auf Tam.) Gegen Ende des Jahres war das Gestell fertig. Es war auch höchste Zeit, Demong trug schon einen Ring am linken kleinen Zeh. Bolling verfügte, daß die Weiber aus Palmblättern ganz leichte Matten flochten. Das konnten sie, denn mit solchen Matten deckten sie ihre Hütten. Es gab sogar eine Art Leim aus Fischknochen. Bolling klebte die zugeschnittenen Matten auf das Gestell. Es sah nicht schlecht aus. Aus der Entfernung glich das Gehehe einem Segelflugzeug. Demong streifte den letzten Ring über. Bolling ließ neuerlich Stämme fällen, diesmal dickere, und eine Art Geleise bauen: eine Startbahn, die Lichtung hinab und unten über den Abhang hinausragend; zwei Reihen Stämme knapp nebeneinander, in deren Zwischenraum, hoffte Bolling, das Gehehe gleiten sollte. Mißmutig gestand Demong auf verzweifelte Hinweise Bollings einen zusätzlichen Mondwechsel zu. (Einen weiteren Ring ließ er sich nicht flechten.) Bolling ließ die Stämme der Gleitbahn polieren und einfetten.

Der große Tag kam. Bolling schwankte zwischen Angst und Hoffnung. Demong ließ sich mit Blumen schmükken, fraß allein vier Pfund Fische, hielt eine Ansprache an sein Volk und ließ sich dann von vier Mann zur Rodung hinauftragen. Dort hatte Bolling bereits seine Mannschaft aufgestellt. (Aus den »Arbeitern« hatte er die acht geschicktesten ausgewählt und speziell gedrillt. Jeder Handgriff saß – so hoffte Bolling.) Dort, wo die Flügel den Rumpf kreuzten, war ein Sitz mit zwei Haltegriffen angebracht. Bolling wollte sich hineinsetzen – »Nein, nein«, sagte Demong, »das täte dir so passen. *Ich* fliege.«

Vier Tamesen hielten außen die Flügel und damit das Gehehe waagrecht. Demong stieg ein, klopfte sich an die Brust, hielt noch eine kurze Ansprache und befahl dann: »Los!«

Bolling gab seinen Leuten einen Wink, die anderen vier griffen auch an und schoben – immer schneller werdend, sie hatten es geübt, aber natürlich nie bis zum Abschnellen, unten mußte immer gebremst und dann das Gehehe wieder hinaufgetragen werden – und schoben das Flugzeug dem Abgrund zu. Es glitt vorzüglich, der Wind pfiff Demong um die Ohren, er lachte. »Auslassen!« schrie Bolling. Das Gehehe schoß über den Abgrund und – und segelte über den Busch hinaus. Von Luftströmungen und Thermodynamik und dergleichen hatte Bolling keine Ahnung. Vielleicht hatte er zufällig eine günstige Stelle gewählt. Bolling und die Tamesen standen am Abhang und schauten dem Gehehe nach. Es segelte – eine Minute, zwei Minuten, es segelte sogar aufwärts: drei Minuten, vier Minuten, dann ging es vorn steil in die Höhe, sackte über die linke Tragfläche ab und fiel wie ein Stein zur

Erde. Demong war schwerer als das Gehehe, er fiel voraus. Man fand ihn nach mehreren Tagen. Er bestand nun aus zwei getrennten Teilen und war schon von Ameisen angefressen. Gamong wurde zum neuen Häuptling gewählt. Er ließ Bolling kochen und bei der zeremoniellen Häuptlingsweihe den Festgästen auftragen. Die Abmachung mit dem Dorf, dessen Männer seinerzeit Bolling aus dem Meer gefischt hatten, wurde nicht vergessen: sie bekamen die Hälfte. Der Dorfchef von dort war natürlich auch unter den Festgästen. Er ließ sich eine Wade Bollings – mit Fenchel garniert – auf dem Servierbrett vorsetzen.

Ein Brief nach Wilagama

Wir verstehen sie nicht, und noch verwirrender dabei ist, daß wir ständig das Gefühl oder den Verdacht haben: aber sie verstehen uns. Sie lügen, sie lügen ständig. Aber sie lügen doch nicht, sie haben nur ein anderes Verhältnis zur Wahrheit: Wahrheit ist für sie, was ihnen im Moment nützt. Ist das eine Eigenschaft aller Asiaten? Oder nur der Buddhisten? Oder sind nur die Ceylonesen von hundert Jahren Fremdenverkehr verdorben? Der Fremdenverkehr hat eine so lange Tradition in Ceylon. Schon 1880 hat ein evangelischer Pastor, der nebenbei Ornithologe war, kann auch sein Botaniker, und von Colombo nach Kandy gefahren ist und später seinen Reisebericht in der illustrierten Monatsschrift ›Über Land und Meer‹ veröffentlichte, über die betrügerischen Singhalesen geklagt.

Sie haben nicht nur ein anderes Verhältnis zur Wahrheit, sie haben auch ein anderes Verhältnis zur Zeit. Das kommt vielleicht daher, daß es auf Ceylon keine Jahreszeiten gibt. Es gibt zwar die Regenzeit und die Trockenzeit, die per halbem Jahr wechselt, einmal hat die Ostküste Regen-, die Westküste Trockenzeit und dann umgekehrt, aber diese Zeiten unterscheiden sich weit weniger voneinander als ein schlechter europäischer Sommer von einem guten, von Winter/Sommer gar nicht zu reden. In Ceylon ist es immer warm. Es bleibt immer warm, es besteht nicht einmal die Gefahr, daß es kalt werden könnte. Es zieht sich ein gleichbleibendes Band von Blüte und Frucht und Ernte durch die Zeit, die Jahre und die Jahrhunderte, man kann die Gegenwart nicht von der Vergangenheit unterscheiden. Vielleicht hängt das fremdartige Verhältnis der Ceylonesen zur Wahrheit mit diesem fremdartigen Verhältnis zur Zeit zusammen.

Selbstverständlich hat das, was wir die Zivilisation nennen (von deren *Segnungen* im Ernst zu sprechen, trauen wir uns inzwischen nicht mehr), in Ceylon Eingang gefunden, schon lang. Die Portugiesen haben barocke Kirchen gebaut, die Wörter für *Hose* und *Schuhe* ins Singhalesische eingebracht, die Holländer haben Festungen und Handelsstationen errichtet, die Engländer das *Mount Lavinia-Hotel* in Colombo und das *Queen's* in Kandy, wo vermutlich der oben erwähnte Pastor damals zu Königin Victorias Zeiten abgestiegen ist, und das heute noch so ausschaut wie damals, und wo heute noch der grauhaarige singhalesische Boy den Tee mit dem gleichen tiefen Diener serviert.

Colombo, die Metropole, ist eine Stadt, die ausschließlich aus Vororten besteht. Diese Vororte sind Betonslums, durch die löchrige Straßen führen, auf denen ein Verkehr herrscht, gegen den die Rush-hour von Neapel als ein gemütliches, diszipliniertes Gefüge erscheint. Der Verkehr in Ceylon dient als Absatzmarkt für japanische Gebrauchtwagen. In großen Schiffsladungen werden die Schrottlauben aus Nippon angeliefert und sollen sich in den Schlaglöchern von Ceylon verbrauchen. Vor ein paar Jahren war es soweit, daß die japanischen Gebrauchtwagen schon bei Berührung des ceylonesischen Bodens auseinanderfielen. So schlecht waren die Straßen geworden. Der Handel drohte zu erliegen. Die japanische Autoindustrie veranstaltete eine Sammlung, eine großartige Entwicklungshilfe wurde gewährt, die ceylonesischen Straßen wurden geteert, die schlimmsten Schlaglöcher ausgebessert. Der Handel erholte sich.

Es gibt in Ceylon auch ein Fernsehen, aber die eigentliche Unterhaltung der Ceylonesen sind die Verkehrsunfälle. Auch den Japanern gefallen diese Unfälle, weil sie immer zu Totalschäden führen. Oft gibt es Tote. Das heißt nicht viel. Auch zum Tod haben die Ceylonesen ein anderes Verhältnis als wir. Ceylon ist der Staat mit der höchsten Mordrate weltweit. Es kommt auf den einzelnen Ceylonesen nicht an, es gibt genug. Überall laufen

Kinder herum, viele Kinder. Nur wenn es sich beim Mord um den Staatspräsidenten handeln sollte, griffe die Polizei mit Versuchen zur Aufklärung ein. Die bei Unfällen totalgeschädigten Fahrzeuge werden von der Straße gezogen und am Rand einbetoniert. So entstehen neue Vororte. Damit sie gefälliger aussehen, stellt die Verwaltung große Reklametafeln davor auf, die für Coca-Cola, Büstenhalter oder japanische Gebrauchtwagen werben.

Weiter nach Süden zu verliert sich die Zivilisation. Die noch von den Engländern gebaute Eisenbahn geht nur bis Matara. Auch damit haben es die Ceylonesen schwer. Das Klima ist feucht, warm und fruchtbar. Alles wächst von allein. Orchideen gedeihen auf Schotter. Wenn ein Eisenbahnzug einige Tage unbeaufsichtigt auf einem Abstellgleis steht, ist auch schon ein Baum durch die Lokomotive gewachsen. Am Hauptbahnhof von Colombo rosten unter Blätterdächern und umschlungen von Luftwurzeln Hunderte von Eisenbahnwagen. Eine ganze Gleisharfe ist schon wieder Urwald geworden. Die Waggons fehlen natürlich anderswo, aber auch die ceylonesische Bahnverwaltung hat ein anderes Verhältnis zur Zeit und zu Fahrplänen als andere Bahnverwaltungen. Im übrigen werden ab und zu neue Waggons angeliefert, in Colombo ausgeschifft. Nicht neue Waggons in absolutem Sinn, nur für Ceylon neue Waggons: der kühn »Intercity« genannte Zug von Colombo nach Kandy fährt mit ausrangierten rumänischen Waggons. Wer je in Rumänien in den dort noch nicht ausrangierten Waggons gefahren ist, weiß, was das bedeutet.

Von Matara, das fast am südlichsten Punkt Ceylons liegt, führt nach Osten der Küste entlang eine Straße, die Hambantota Junction. Das ganze Küstenland dort ist flach, hie und da von einem Fluß durchzogen. Büffel stehen in den Reisfeldern, um die Hütten in den Dörfern stehen Kokospalmen. Was nicht bebautes Land ist, nennen sie Busch, aber es ist eher eine Steppe oder Savannah.

Obwohl die Bauern viele Kinder haben, sich stark vermehren, ist noch viel Platz. Ein Dorf ist nicht ein Haufen zusammengedrängter Häuser oder Hütten, ein Dorf ist vielmehr eine Ansammlung verstreuter Behausungen, die niedrig, unterhalb der Straße weit auseinander, von einer zur anderen nicht zu sehen, zwischen Reisfeldern liegen. Die Reisfelder, die die Leute von Wilagama bebauen, gehören nicht ihnen. Sie bebauen zwar die Reisfelder, aber es wäre falsch sie als *Reisbauern* zu bezeichnen. Ceylon hat ein strenges Kastensystem. An oberster Stelle in diesem System stehen die Reisbauern. Aber der dort, der aus Wilagama stammt, nie etwas anderes gesehen hat als Wilagama und die Reisfelder und die Steppe ringsumher, der fast nackt und ausgemergelt bis zu den Knien im Wasser steht und arbeitet, der ist kein *Reisbauer.* Der ist nur der Knecht, der Helfer, der Hintersasse des Reisbauern. Der Reisbauer selber wohnt in einer Villa in Mount Lavinia, vollklimatisiert, und läßt durch seinen Verwalter die Hintersassen kujonieren.

Ist der Hintersasse dort in seiner Hütte in Wilagama, er wohnt da mit seinem alten Vater, der noch ausgemergelter ist als er, völlig zahnlos, mit seiner Frau und sieben oder acht Kindern (das jüngste ist noch nicht das letzte), ist er oder sind sie *arm?* Sie sind vielleicht deshalb arm, weil sie seit einiger Zeit wissen, was *Geld* ist, und weil sie dank (– dank?) der so recht und schlecht eingehaltenen allgemeinen Schulpflicht Zahlen lesen können? Sie wissen, was die Ziffern auf den Geldscheinen bedeuten, wissen auch, daß die Scheine, die ihr Reisbauer hat – den sie natürlich nie gesehen haben, sie kennen nur den Verwalter –, viel höhere Zahlen aufweisen, und daß er vor allem ganz unvergleichlich viel mehr davon hat. Insofern sind sie arm. Sonst ist dieser Begriff eigentlich keine Kategorie, die dafür paßt. Auch den Begriff primitiv zu gebrauchen scheut man sich.

Angame heißt der Hintersasse, der an der Hambantota Junction wohnt, sein Vorname: Rudraka. Von Colombo oder von Bentota aus können die Touristen Ausflüge in den Süden machen, mit bequemen, wirklich neuen Omnibussen, entweder in den Yala-Naturpark oder sonstwohin in die südlichen Steppen, und wenn sie Glück haben, sehen sie dort einen wild lebenden Elefanten. Jedenfalls aber sehen sie Angame und seine Familie und sein Haus. Das gehört zum Besichtigungsprogramm. Der Omnibus hält an der Hambantota Junction an einer Ausbuchtung der Straße. Was Beine hat in der Umgebung läuft zusammen. Angames Haus liegt etwas tiefer als die Straße. Angame ist vielleicht vierzig Jahre alt, er steigt gewandt wie ein Affe auf eine seiner Kokospalmen und wirft ein paar Kokosnüsse herunter. Um den Baum, der ja keine Äste hat und einen ziemlich glatten Stamm, zu erklimmen, schlüpft er mit den Füßen in eine Schlaufe, die den Druck ausnützt und die Füße durch das Gewicht des Körpers gegen den Stamm preßt. Angame führt das gern vor. Wahrscheinlich hat er das Gefühl: das ist etwas, was er kann und keiner der Weißen da, die ihn photographieren.

Angame hat eine hübsche Frau und sieben Kinder. Die Frau kauert auf dem Boden hinter dem Haus und zerquetscht mit einer kleinen Steinwalze auf einer Steinplatte Körner zu einem roten Brei. Das gibt Curry: das Mittagessen. Jede Frau erbt von ihrer Mutter das Rezept für ihren speziellen Curry, das sie geheimhält, nur ihrerseits an ihre Töchter vererbt.

Ist das Haus ein Haus? Es sieht aus, als sei es aus Lehm und Speichel aufgebaut. Es ähnelt der Architektur einer Sandburg. Man scheut sich die Wände zu berühren, aber sie sind standfester als man denkt. Gedeckt ist das Ganze mit Palmblättern. Einen architektonischen Plan hatte das Haus sichtlich nicht. Wahrscheinlich ist es so, daß Angame, wenn Bedarf an Raum besteht, in den Lehm spuckt und ein neues Zimmer irgendwo anbaut. Die Wände sind schief und unregelmäßig stark. Aber es sind sogar Möbel vorhanden: ein paar Betten, das sind Stangen, kurze und lange, mit Palmfasern zusammengebunden, Matten, aus

Palmfasern geflochten. Es berührt seltsam in einem Zimmer Zivilisation zu entdecken: ein hölzernes Bord, auf dem ein paar Tiegel stehen. Die Touristen drängen durch die Zimmer, quellen aus den Türen wieder heraus, photographieren durch die Fenster, die natürlich bloße Löcher sind. Die Kinder Angames kichern, die Frau wälzt ungerührt ihren Stein, steckt dankend lächelnd das Trinkgeld in den Ausschnitt ihrer Sari-Bluse. Auch Angames alter Vater ist da. Er sitzt auf einem der Betten und hebt die Füße in die Höhe, damit ihm die Fremden nicht draufsteigen.

Wissen sie, Angame und seine Familie, etwas von der Welt, aus der die Touristen kommen? Ist Angame arm? Ist er erst arm, wenn er weiß, was diese Touristen daheim für Häuser und Möbel haben? Ist Angame unglücklich, weil er das alles nicht hat? Oder sind die Touristen unglücklich, weil sie in ihren Häusern und Möbeln drüben in Europa unfähig sind, das einfache Leben Angames zu leben? Würde es Angame glauben – und das ist der springende Punkt –, wenn man ihm sagt: es muß ihm um alles in der Welt die Segnung der Zivilisation vorenthalten bleiben, damit er nicht unglücklich wird?

Einmal hat sich ein Tourist die Adresse Angames aufschreiben lassen. Bis dahin hat Angame überhaupt nicht gewußt, daß er eine Adresse hat. Er hat gar nicht gewußt, daß es eine Adresse gibt, was das ist, so wenig, wie er weiß, was – zum Beispiel – ein Hausschlüssel ist oder ein Avalkredit. »Mr. Rudraka Angame. Wilagama. Hambantota Junction. Post Hambantota. Sri Lanka.« Der Tourist ließ von den Photographien, die er gemacht hat, Abzüge machen und schickte sie. Eine Regenzeit verging, eine Trockenzeit verging, wieder eine Regenzeit. Dann kam der Brief in Hambantota auf der Poststation an. Der Beamte zog Erkundigungen ein. Eine Trockenzeit verging. Einige glückliche Umstände trafen zusammen, und im Beamten der Poststation Hambantota verdichtete sich der Entschluß, in Wilagama nachzufragen. Er nahm sein

Fahrrad und radelte los. Es war fünf Uhr in der Früh und Markttag. Der Postbeamte mußte absteigen und schieben, weil das Gedränge auf dem Markt zu groß war, um zu fahren. Im Vorüberschieben erzählte der Postbeamte seinem Vetter Tissa, der zwei tote Haifische auf dem Gepäckträger seines Mopeds festgebunden hatte und gerade abladen wollte, um sie zu verkaufen, daß ein gewisser Angame aus Wilagama einen Brief bekommen sollte. Vetter Tissa betrachtete den Brief und war beeindruckt. Er ließ die Haifische in der Obhut seines Schwagers Fernandez zurück (viele Singhalesen haben portugiesische Namen) und schloß sich dem Postbeamten an. Da er mit seinem Moped schneller gewesen wäre als der Postbeamte mit dem Fahrrad, und auch um Benzin zu sparen, setzte er den Motor nicht in Gang, sondern trat in die Pedale.

Es sprach sich herum wie ein Lauffeuer. Viele wollten den Brief sehen. Er ging von Hand zu Hand. Als der Postbote und Vetter Tissa nach ein, zwei Stunden den Markt in Richtung Weriwila verließen, zog eine kleine Karawane mit, die selbstverständlich zu zwei Dritteln aus Kindern bestand. Wenn man nur mit dem Omnibus durch die Hambantota Junction fährt, sieht man nichts als Reisfelder mit Büffeln links und rechts, Palmpflanzungen und Gebüsch. Man ahnt nicht, wieviel solcher Hütten, wie Angame eine hat, sich hinter und unter dem Gebüsch ducken. Aus allen Hütten kamen Leute, als die Karawane – der Postbote an der Spitze – vorbeizog. Die Karawane wurde lawinenartig größer. Mancher, der mit seinem Ochsenfuhrwerk entgegenkam, ließ seine Tagesarbeit sein, drehte um und zog mit. Angame wußte nicht, wie ihm geschah, als er die Karawane auftauchen sah. Das heißt: er sah vorerst nur die Spitze auftauchen. Schon das wirkte fast bedrohlich. »Ein Brief!« schrie der Postbeamte von weitem.

Es war fast so ein Gedränge wie am Markt, als die Karawane endlich Angames Haus erreichte. Ein Ring gestreckter Hälse umgab das Haus. Der Postbeamte übergab Angame den Brief. Angame drehte ihn hin und her und lachte. Diskussionen flammten auf. Aber der Postbeamte wußte, was man mit einem Brief tut: aufmachen. Angame holte das krumme Messer, mit dem er die Kokosnüsse schälte und schlitzte das Kuvert auf. Die Photographien fielen heraus: Ein Schrei des Erstaunens aus hundert Kehlen: Bilder von Angame, von Angames Frau, von seinen Kindern, sogar vom Hund. Die Bilder gingen von Hand zu Hand. Ein großartiger Tag. Sogar Angames Vater überwand seine Scheu und betrachtete die Bilder. Leider war er auf keinem der Bilder drauf, weil er sich damals nicht aus seinem Lehmzimmer gerührt hatte, und der Tourist hatte kein Blitzlicht dabei.

Der Postbeamte verabschiedete sich mit Glückwünschen. Auch Vetter Tissa wendete sein Moped zurück, diesmal ließ er den Motor an, fuhr voraus, um rascher wieder auf dem Markt zu sein. Nach einigen Stunden verlief sich die Menge. Angame setzte sich auf einen Stein, der am Rain lag, der seine Palmbepflanzung vom Reisfeld trennte, und betrachtete nochmals die Bilder, nahm sie einzeln aus dem Kuvert, schaute sie lange an, steckte sie wieder hinein. Ein Bild zeigte nicht ihn und sein Haus, sondern etwas ganz anderes: zwei Weiße vor einem fernen Haus. Auch jenes Haus war weiß. Angame erinnerte sich nicht an die beiden Weißen: einen Mann und eine Frau; eher dick. Alle Weißen sehen gleich aus, alle sind dick. Das Haus wirkte fremdartig für Angame. Er verstand das Bild nicht, noch nicht.

Das Gebet des Herrn

Vater: Was hast denn da?
Sohn: Ah, nix.
Vater: Nix werd des net sei, wenn's'd es so schnell in dei' Geldtaschl nei hast.
Sohn: Ja, schon. A suibana Frosch.
Vater: Wo hast denn den her?
Sohn: G'wonna.
Vater: Zoag her *(Der Sohn zeigt dem Vater den silbernen Frosch.)* Des is do net Suiba.
Sohn: Ja. Naa. Natirli is der net Suiba. Mir sag'n ma hoit suibana Frosch dazu.
Vater: Wer mir?
Sohn: D' Ministranten.
Vater: Und den hast g'wonnen?
Sohn: Ja. Sozusagen. Aber ko sei, daß i'n wieder hergeben muaß.
Vater: Wieso muaßt'n jetzt nacher wieder hergeben, wenn's' d'n gwonnen hast?
Sohn: Des verstehst du net.
Vater: Des mecht i aber jetzt wissen.
Sohn: Ja. Naa. D' Ministranten – mir haben quasi an suiban Frosch. Und den kriagt allweil der, wo – oaner kriagt'n eben. Und möglich, daß er'n wieder hergeben muß.
Vater: Und wer kriagt'n?
Sohn: Nachher schimpfst.
Vater: An Schmarrn.
Sohn: Wenn's'd es genau wissen wuist: wer's Vaterunser am schnellsten bet'.
Kleine Pause.
Vater: Wer's Vaterunser am schnellsten bet'?
Sohn: Ja.
Vater: Und – und jetzt hast du's Vaterunser am schnellsten bet'?

Sohn: Ja. Vieravierz'g Sekunden.

Vater: Und –

Sohn: Soll ich dir's vorbeten?

Vater: – was sagt da der Herr Kaplan dazua?

Sohn: G'stunken hat er ihm.

Vater: Wia redst'd'n du –

Sohn: Freilich hat er ihm g'stunken. Weil der Herr Kaplan vorher an suiban Frosch g'habt hat. Mit fünfavierz'g Sekunden.

Vater: Sehr komisch.

Sohn: Ja. Und dabei hat der Herr Kaplan aa no an Kochlöffl auf der Nasn balanziert, fünfavierz'g Sekunden. Aber trotzdem haben alle g'sagt: der Kochlöffel is quasi a Zuagab, des g'hört net zum eigentlich'n Wettbewerb, haben's g'sagt. Gewertet wird ausschließlich 's Vaterunser, und des hab' ich schneller bet'.

Vater: Und was hat der Herr Stadtpfarrer g'sagt?

Sohn: Gar nix, weil der Herr Kaplan g'schwind an Kochlöffel untern Chorrock druntertan hat.

Etwas größere Pause.

Sohn: Pappa.

Vater: Ja?

Sohn: Wie schnell betst'n du 's Vaterunser.

Vater: Woaß i net. Hab nia auf d'Uhr g'schaut.

Sohn: Bet'st du überhaupt – i moan –

Vater: So schnell net wia du.

Sohn: Aber beten tuast' a's scho?

Vater: Das Vaterunser ist ein sehr gefährliches Gebet.

Sohn: Weil i vielleicht an suiban Frosch wieder verlier?

Vater: Es ist ein gewissermaßen erschreckendes Gebet.

Sohn: Warum?

Vater: »Vater unser« fangt's an, oder?

Sohn: Ja – und? is des g'fährlich?

Vater: Vater unser hoaßt sovui wia »unser Vater«.

Sohn: Des woaß i aa.

Vater: Hoaßt sovui wia, daß Gott, hast mi? unser Vater ist.

Sohn: Ja. Und?
Vater: Des hoaßt, daß er an jeden von uns kennt.
Sohn: Wia?
Vater: Ja! An jeden von uns kennt er. So wie i di, respektive, vui besser.
Sohn: An *jeden?*
Vater: Freilich.
Sohn: Hm. Des is aber unangenehm.
Vater: Eben. Und niemand kann ein'm a so ärgern wia die Kinder. Des woaßt du bloß no net.
Sohn: Aber auch Freude bereiten.
Vater: Ja. Ja. Schon. Hie und da. Aber ärgern tun s' öfter.
Sohn: Ja. Wahrscheinlich.
Vater: »Der du bist in dem Himmel.« Des hoaßt zweierlei: erstens hoaßt des, daß Gott ist.
Sohn: – und net trinkt.
Vater: Des is aber jetzt a blöder Witz.
Sohn: Entschuldige.
Vater: Daß Gott existiert. Verstehst? Und net so ein eher ein allgemeines Prinzip oder sowas ist. Daß es Gott gibt – so wia den Maßkrug da.
Sohn: Oder mein Limoflaschl?
Vater: Genau. Und zwoatens hoaßt des: in dem Himmel, hoaßt das, daß er *irgendwo* existiert. *Wo,* wissen mir natürlich nicht. Aber es gibt quasi einen Ort oder sowas, sowas in der Richtung, bloß daß mir's vielleicht nicht verstehen, in der vierten Dimension oder fünften oder was woaß i, aber daß'n *irgendwo gibt.* Verstehst? Natürlich is das net der Vaterunserhimmel da oben, der blaue, so einfach ist das nicht, aber irgendwo is er.
Sohn: Mhm. Und was soll jetzt da g'fährlich sein?
Vater: Wart nur. Des kommt scho no. »Geheiligt werde dein Name.« Des hoaßt: – naa, da muaß i anders anfangen. Du hoaßt Fritz, oder?
Sohn: Da kann i nix dafür. So hast du mi taufen lassen.
Vater: Is ja ein sehr ein schöner Name.
Sohn: I hoaßat liaber Charlie.

Vater: Charlie is koa Nam', des is – aber das wollt ich jetzt net sagen. Ich wollt' sagen: du hoaßt Fritz. Guat. Du kannt'st zum Beispiel aa ganz anders hoaßn.

Sohn: Charlie, zum Beispiel.

Vater: Is ja Wurscht. Charlie – oder Holger, net wahr, oder Kasimir.

Sohn: Kasimir. Daß i net lach. Kasimir.

Vater: Ja. Und trotzdem waarst du immer der gleiche, oder? Du waarst doch net anders?

Sohn: Hoaßt der Liebe Gott Charlie?

Vater: Gott hoaßt Gott. Und wenn er Charlie hoaßen tat, waar er aa Gott, verstehst?

Sohn: Aso. Du moanst, es ist ganz Wurscht, ob Gott Gott hoaßt oder sonst wie –

Vater: Eben. Des hoaßt: Gottes Name ist das relativ Unwichtigste an Gott. Host mi?

Sohn: Ja.

Vater: Und trotzdem ist sogar der *Name* Gottes geheiligt oder besser: mir sollen mir ihn heilig halten, quasi. Und so kannst Dir vorstellen, *wie* heilig dann erst alles andere von Gott ist.

Sohn: Mhm. – Was?

Vater: Was – was – das Wesen, die Gedanken, das Wirken, die Existenz.

Sohn: Wia du des alles so sagst.

Vater: Warum soll i des net sagen?

Sohn: Ja, schon. Aber so intelligent, gewissermaßen.

Vater: So. Hast mi leicht bis jetzt für an Deppen g'halten?

Sohn: Naa, naa. Fürn an Deppen net grad –

Vater: Da, nimm den Maßkruag und geh da nüber und hol mir no oane. Derfst dir aa no a Limo mitbringen. Gscheit sein macht Durst.

Der Sohn geht mit dem Maßkrug.

Vater (schreit ihm nach): Aber daß dir der Hund richtig einschenkt!

Pause.

Der Sohn kommt zurück.

Sohn: Prost, Pappa.

Vater: Prost, Fritzi.

Sie trinken.

Sohn: »Zu uns komme dein Reich.«

Vater: Ja. Das ist die erste eigentliche Bitte. Bisher waren's ja nur eher, wia soll ma sagen, Feststellungen. »Zu uns komme dein Reich.« Des kann zweierlei hoaßn. Entweder: mir bitten drum, daß die irdische Welt aufhört und die bessere anfängt, oder daß auf Erden das Reich Gottes kommt.

Sohn: Waar schad um die irdische Welt.

Vater: Hm.

Sohn: Ja. Doch. Den schönen Biergarten da. Und der Schatten unter dem Baum.

Vater: Man kann net alls haben.

Sohn: Und du moanst, des is g'fährlich, daß ma allweil drum bittet, daß die Welt aufhört –

Vater: Naa, naa. Mir san allweil no net so weit. »Dein Wille geschehe, wie im Himmel also auch auf Erden.«

Sohn: Aber der geschieht ja eh?

Vater: Wieso?

Sohn: Alles geschieht doch nach Gottes Willen, sagt der Religionslehrer. Da brauch i doch net aa no drum beten?

Vater: Das ist eine sehr eine komplizierte Sache. *Sollte* geschehen ... geschieht aber nicht.

Sohn: Aber wenn –

Vater: Jedenfalls: im Himmel, den's ja irgendwie irgendwo gibt, wia mo scho g'sagt haben – *dort* geschieht allein Gottes Wille. Und es wäre wünschenswert, wenn's auf der Erde auch so wär.

Sohn: Dann brauchat's ja Gott bloß so machen, daß's g'schieht.

Vater: *Freiwillig* soll's g'schehn.

Sohn: Aso. A – ja. So wia du gestern auf'd Nacht g'sagt hast zu mir: jetzt bin i neugierig, ob du des machst, hast du zu mir g'sagt, was ich mir jetzt vorstell.

Vater: Ungefähr.
Sohn: Zähnputzn hast g'moant.
Vater: Ja.
Sohn: Aber net g'sagt.
Vater: Na.
Sohn: I muaß also derraten, was Gott will.
Vater: Ja.
Sohn: Net g'schleckert, der Liebe Gott.
Vater: Naa. Des kannst net sagen. Er hat uns ja auf d'Sprüng g'holfen. Aber des g'hört jetzt net daher. Gehn ma weiter –
Sohn: Du hast ja no gar net austrunken.
Vater: Mit'n »Vaterunser« gehn ma weiter. »Unser tägliches Brot gib uns heute.«
Sohn: Ja, des is ja klar.
Vater: Na ja –
Sohn: Brot – des is wahrscheinlich net nur Brot natürlich. Des is aa a Schnitzl.
Vater: Selbstverständlich. Das is mehr so ein symbolischer Begriff.
Sohn: Sonst taterst du dir aa hart. Wennst du koa Schweiners kriagst.
Vater: Alle Nahrung ist gemeint damit. Feste und flüssige.
Sohn: Flüssige aa?
Vater: Freilich. Hoaßt doch: das flüssige Brot. Net wahr. Aber – »gib uns heute« –! Net morgen. Des hoaßt: mir brauchen heut net des Brot von morgen. Des hoaßt, mir soll'n uns beruhigen, wenn ma des Brot, also das feste und das flüssige Brot von heut haben, und uns net heut derwuzeln z'wegen was mir morgen haben wollen oder sollen oder brauchen.
Sohn: Also das halbe Reh, was du vom Onkel Max 'kaft hast und in der Kühltruhen –
Vater: – »heute« ist auch ein symbolischer Begriff. Verstehst?
Sohn: Aso.

Vater: Eben. Ma solls net übertreiben.

Sohn: Symbolisch hoaßt: net übertreiben?

Vater: Also – also ... also, bevor ich dir's lang erklär, hoaßt meinetwegen symbolisch: net übertreiben. Aber jetzt, jetzt paß auf, jetzt kommt das G'fährliche. »Vergib uns unsere Schuld, wie auch wir vergeben unseren Schuldigern.« Wenn's'd da genau hinhorchst oder genauer g'sagt: hindenkst, nachher merkst, daß'd manchmal bet'st, daß's dich vom Stangerl haut.

Sohn: Das versteh' ich nicht.

Vater: Der Liebe Gott, net wahr? soll uns so unsere Schulden und Sünden et cetera vergeben, und eben alles, was wir ang'stellt haben, akkurat *so* und net anders wie *mir* die behandeln, die uns was 'tan haben. Verstehst?

Sohn: Ah!

Vater: Verstehst?

Sohn: Ja pfüat di'Gott – also, wenn du, zum Beispiel –

Vater: Mir reden lieber von dir.

Sohn: Ja – also, wie mir der Günther vor der Schulaufgab' den Füller zug'löt hat – da hab' ich ihm fei net vergeben.

Vater: Sondern?

Sohn: Ein Zahn is ihm rausg'fallen. *Einer*, des war eh noch ein Milchzahn. Der wär eh früher oder später rausg'fallen.

Vater: A Wohltat war's trotzdem net.

Sohn: Naa.

Vater: Siehgs'd es. »– wie auch wir vergeben unseren Schuldigern«.

Sohn: Da hätt' ich'n also noch loben sollen?

Vater: Naa, loben net, aber vergeben. Verzeihen.

Sohn (nachdenklich): Verzeihen.

Vater: Wenn's d' willst, daß dir Gott net aa an Zahn außihaut, zum Beispiel, wenns'd liagst. Oder fluachst.

Sohn: Ja leck – Entschuldigung – sauba, sauba, wollt ich sagen.

Vater: Ein gefährliches Gebet. – Der Rest ist dann eher wieder einfach –

Sohn: Haa? (Die Musik hat zu spielen angefangen.)

Vater: Miassn de jetzt da mit dem Lärm anfangen.

Sohn (schreit): Halbe fünfe is. »Ab halb fünf Uhr Gartenkonzert«, steht drauß'd auf der Tafel.

Vater (schreit): Des is koa Gartenkonzert. Des is a Lärm.

Sohn: Des is das Lied Doktor Schiwago.

Vater: Des mag i scho. In der Lederhosen und greane Loferl und spuin Doktor Schiwago. Daß si' de net schamma. Der Teifi solls' –

Sohn: Pappa!!

Vater: Aso – ja. Is doch wahr aa. A so a schöner Biergarten und so a greißliche Musik. »Führe uns nicht in Versuchung ...« des is ja klar, net? Und »erlöse uns von dem Übel, Amen.« Des hoaßt jetzt heit in dem Fall, daß mir uns da jetzt schleichen, bevors' uns mit dera derhauten Musi die Ohrwaschln verbiagen. Fräulein! Zahlen!

Der wahre Satz

Es war meine erste Fahrt auf einem Schiff: von Ostende nach Dover, auf einer Fähre, nicht die neueste. Ich hatte das Auto dabei, das stand weit unten im Bauch des Schiffes, und mir war schon mulmig, wie das werden sollte mit dem Linksverkehr in England und dem linksgesteuerten kontinentalen Auto. Vielen Mitpassagieren war aus anderen Gründen mulmig. Der Seegang war – trotz des klaren Wetters – stark. Das Schiff schwankte, als ob es in regelmäßigen Abständen von unten gestoßen würde. Zum Abendessen waren nur noch wenige Passagiere da. Obwohl ich dazu neige, schon von geringfügiger Höhe ab schwindlig zu werden, obwohl ich einen empfindlichen Magen habe und jedes zweite Gewürz nicht vertrage und überhaupt – muß ich zugeben – eher zimperlich bin, gehörte ich zu meinem eigenen Erstaunen nicht zu denen, die seekrank wurden.

Um 3 Uhr früh sollten wir in Dover sein. Ich hatte absichtlich diese Fähre genommen, weil ich mir dachte: um 3 Uhr früh ist auch in England kein Verkehr, und ich kann mich ganz vorsichtig an das Fahren auf der linken Seite gewöhnen, und vielleicht habe ich es schon geschafft, wenn ich dann um sieben in London bin. Schlafen wollte ich nicht: 3 Uhr ist so eine dumme Zeit, da kann man von früh aufstehen noch gar nicht reden. Da hat man vielmehr das Gefühl, man steht auf, bevor man schlafen gegangen ist. Da ist es weniger schlimm, man schläft überhaupt nicht. Ich ging an Deck und setzte mich in einen der altmodischen Korbsessel. Es war niemand sonst da. Ich saß – heißt das hier steuerbord oder backbord? Ich weiß es nicht. Ich weiß nur: Luv und Lee. Da gibt es eine Eselsbrücke: bei Luv merke dir Luft; wo die Luft, der Wind herkommt, da ist Luv. Ich setzte mich Lee, in Fahrtrichtung des Schiffes gesehen: links. Ich glaube: backbord, kann mich aber irren, jedenfalls aber Lee.

Das Schiff ging vorne hoch, dann ging es hinten hoch, dann senkte es sich links, daß ich in die Wellen sehen konnte, dann senkte es sich rechts, daß ich den Sternenhimmel vor mir hatte. Der Wind pfiff in den Tauen, die Motoren stampften, es roch nach Öl.

Er saß plötzlich neben mir, in einem anderen Korbsessel. »Oh, good evening, Sir«, sagte ich. Ich war ja auf einem englischen Schiff, glaubte mich also verpflichtet, englisch zu reden.

»Ihrer Aussprache nach sind Sie Deutscher?«, sagte er.

»Du lieber Himmel«, sagte ich, »merkt man das, wenn ich nur: good evening, Sir, sage?«

»*Man*«, sagte er, »weiß ich nicht. *Ich* schon.«

Es war fast Vollmond, das Deck war hell. War das ein alter oder junger Mann, der sich da neben mich gesetzt hatte? Er hatte einen dicken Rollkragenpullover an und eine grobe Hose, beides dunkelblau oder schwarz, so hell war das Mondlicht auch wieder nicht, daß man das unterscheiden hätte können. Er hatte einen Vollbart.

»Gehören Sie zur Besatzung?« fragte ich.

»Ich gehöre zum Schiff«, sagte er.

Ich überlegte: ein einfacher Matrose oder gar Heizer setzt sich nicht neben einen Passagier, weil er da einen Anpfiff kriegt, und ein Offizier läuft nicht so im Pullover herum. Auch die Handelsmarine ist noch ein Hort der Rangabzeichen und Ärmelstreifen.

»Ich gehöre zum Schiff, aber nicht zur Besatzung«, sagte er. »Ich schlafe da drüben im Rettungsboot. Aber ich bin kein blinder Passagier, haben Sie keine Angst. Mein Name ist Wirowski. Ich schlafe seit vierzig Jahren in dem Rettungsboot. Nicht in *dem* Rettungsboot, ich habe manchmal gewechselt. Aus diesem oder jenem Grund.«

Ich nannte auch meinen Namen.

»Angenehm«, sagte er.

»Blinder Passagier sind Sie nicht?«

»Also«, sagte er, »sagen wir einmal so: global betrachtet bin ich ein blinder Passagier. Ich bin blinder Passagier auf der *Welt.* Auf dem Schiff hier nicht. Ich kenne den Kapitän, wenn ich mein Gedächtnis anstrengen würde, brächte ich die Namen aller – ich glaube – fünfzehn oder sechzehn Kapitäne zusammen, die dieses Schiff in den letzten vierzig Jahren kommandiert haben.«

»Wirowski ist Ihr Name?«

»Wirowski«, sagte er.

»Sind Sie Pole?« fragte ich.

»Das wenn ich wüßte«, sagte er.

Ich schaute den Mann an. Sehr alt war er nicht, vielleicht machte ihn sein verfilzter Bart älter als er war. Er trug eine grobe Wollmütze mit wulstigem Rand und Bommel bis tief an die Augenbrauen heruntergezogen. »Mögen Sie was trinken?« fragte ich, »ich lade Sie ein. Wissen Sie – ich bin froh ...«

»... daß Sie in dieser Nacht Gesellschaft haben, weil: Schlafengehen rentiert sich nicht, und zum Lesen ist es doch zu dunkel. Ja. Kenne ich. Ist immer mindestens *einer* dabei pro Nacht. So komme ich auch zu meinem Whisky: *Gern.«* Ich stand auf.

Ein verschlafener Steward stand hinter der Bar und putzte sehr langsam Gläser. Ich bestellte zwei Whisky.

»Hei! Wirowski«, sagte der Steward, »hast du wieder ein Opfer gefunden?«

»Kann man denn in einem Rettungsboot schlafen?« fragte ich, »ich meine: für dauernd?«

»Im Vertrauen gesagt: sehen Sie, die Fahrt von Ostende nach Dover – oder von Dover nach Ostende, und woanders fährt diese Schrottwanne nicht mehr –, da kommt man ja praktisch nie außer Sichtweite des Landes. *Wenn* der Kahn einmal absäuft, werden die Leute mit Hubschraubern gerettet. Die Rettungsboote sind pure Attrappe. Dekoration, wie die Kamine. Fährt doch mit Diesel und braucht eigentlich nur einen etwas größeren Auspuff, hat aber zwei Kamine. Alles Blech. Damit das Signet der Reederei Platz hat. So ist es auch mit den Rettungsbooten. Das da – Nummer 11 – ist mein Schlafzimmer. Hat sogar elektrisches Licht. Das hat mir einmal ein freundlicher Bordelektriker eingerichtet. Martin hat er geheißen. Er fährt jetzt auf der *Andromeda* London–Südamerika.«

Wir tranken noch je einen Whisky und setzten uns wieder hinaus.

»Ich bin verrückt«, sagte er.

»So«, sagte ich, »dann stimmt das alles nicht, was Sie erzählen?«

»Doch«, sagte er, »stimmt schon. Trotzdem bin ich verrückt. Weil ich so viel denke. Das schadet dem Gehirn.«

»Zu wenig denken auch«, sagte ich.

»Aber nicht so wie zu viel denken. Schauen Sie: Ich habe Lesen und Schreiben gelernt, da war ich vielleicht 20 oder 25 Jahre alt. Das war sehr mühsam für mich. Passagiere haben es mich gelehrt. So welche wie Sie, die nicht seekrank werden und froh sind, daß sie eine Unterhaltung haben. An die habe ich mich gewandt. Bitte erklären sie mir die Buchstaben – und so weiter. Auch Sprachen. Ich kann Englisch und Deutsch und Französisch und Holländisch ...«

»Und was ist Ihre Muttersprache?«

»Meine Muttersprache ...«, er murmelte, »meine Muttersprache, meine Muttersprache ist Polnisch oder Jiddisch. Aber das kann ich nicht.«

»Wie kann eine Sprache, die Sie nicht beherrschen, Ihre Muttersprache sein?«

»Das erklärt sich durch die seltsamen Umstände, müssen Sie wissen.«

»So. Und was für Umstände sind das?«

»Ich bin verrückt.«

»Einer, der – wenn das stimmt, was Sie sagen – unter solchen Bedingungen vier Sprachen lernt, und noch dazu so ausgezeichnet, wie Sie Deutsch sprechen – der kann nicht verrückt sein. Wir unterhalten uns doch über komplizierte Dinge, und Ihr Wortschatz – vorhin haben Sie gesagt: ›*Passagiere haben es mich gelehrt*‹ – für so eine Formulierung hätte ein deutscher Abiturient mit Notendurchschnitt 1,4 Schwierigkeiten.«

»Ich unterhalte mich über noch weit kompliziertere Gegenstände. Ich kann nämlich *vierdimensional* denken.« Er ist doch verrückt, dachte ich.

»Das heißt natürlich«, sagte er (etwas leiser), »ich *würde* mich gerne mit jemandem darüber unterhalten. Aber es geht nicht, weil ich offenbar der einzige Mensch auf der Welt bin, der vierdimensional denken kann.«

»Wie äußert sich das?« fragte ich vorsichtig.

»Ich kann den gekrümmten Raum sehen«, sagte er schlicht.

»Aha«, sagte ich.

Er war ganz ernst: »Die Zeit und der Raum sind nur Anordnungen von Dingen im gekrümmten Raum. Der gekrümmte Raum ist natürlich kein Raum, er verhält sich zum Raum wie der Raum zur Fläche. Der Gekrümmte – ich sage nur: der Gekrümmte, Substantiv, groß geschrieben, damit ich nicht so oft *Raum* sagen muß, und daß man nicht mit den Begriffen durcheinanderkommt –, der Gekrümmte ist eine Anordnung von Räumen. Auch die Schwerkraft ist keine Kraft, sondern eine Abfolge von Anordnungen, die zwangsläufig sind. Wie die Zeit.« Er redete immer schneller. »Es ist ja schon länger aufgefallen, daß man zwei Phänomenen nicht entgehen kann, daß die zwei unaufhaltsam und unablenkbar sind: die Zeit und die Gravitation. Wie ich gemerkt habe, daß ich vierdimensional denken kann, habe ich das herausgebracht . . ., aber was sage ich, herausgebracht: ich habe es gesehen. Daß die Zeit und die Gravitation das gleiche sind. Es ist sehr schwer zu erklären, namentlich einem, der nicht vierdimensional denken kann. Sie können es nicht?«

»Nein«, sagte ich.

»Eben. Wahrscheinlich bin ich der einzige.« Er schaute zu Boden.

»Und wie hat es angefangen?« fragte ich.

»Ganz einfach«, sagte er, »als ich fünf oder sechs Jahre alt war – Mr. McLeod war Kapitän dieses Schiffes –, da fuhr ein Passagier mit, der hieß Eisenstein. Ein alter Mann. Irgendwie muß ich ihm aufgefallen sein, denn er schenkte mir ein Buch. Wahrscheinlich bin ich ihm aufgefallen, weil ein Teller ins Meer gefallen ist.«

»Ein Teller ins Meer?«

»Ja, es war ziemlich schwere See, und dem Steward ist ein Teller ins Meer gefallen. Mit einem Steak. Schade drum.«

»Und deswegen ...«

»Nein, weil ich zu dem Herrn Eisenstein gesagt habe: wenn ich will, kann ich den Teller, wenn er fällt, mehrmals sehen. Da hat er mir ein Buch geschenkt. Er hat es selber geschrieben, aber ich konnte damals ja noch nicht lesen. Erst viel später habe ich es gelesen – und in diesem Buch steht, es ist sehr schwierig zu erklären: dieser gewisse Eisenstein, der das Buch geschrieben hat, hat selber nicht vierdimensional denken können, aber er hat denken können, daß man vierdimensional denken *könnte*. Und wie ich immer weiter in dem Buch lese, merke ich: daß *ich* es bin, der vierdimensional denken kann. Es war sehr aufregend.«

»Haben Sie das Buch noch?«

»Selbstverständlich«, sagte er, ging zu dem dekorativen Rettungsboot, stieg auf eine hochkant gestellte Kiste, langte unter die Plane, zog ein Buch heraus und kam wieder. Er gab mir das Buch. ›Grundlagen der Relativitätstheorie‹, dritte Auflage 1946.

»*Ein*stein«, sagte ich, »nicht *Eisen*stein.« Ich zeigte auf den Umschlag.

»Tatsächlich«, sagte Wirowski, »jetzt habe ich das Buch mehr als dreißig Jahre, und immer habe ich gemeint: Eisenstein. Tatsächlich. Einstein. Nicht Eisenstein. Ich habe ihn nie mehr wiedergesehen.«

»Er ist lang tot«, sagte ich, »er war ein berühmter Mann.«

»Das freut mich«, sagte er, »wissen Sie: was ich hier auf dem Schiff erfahre, das ist alles mehr zufällig und zusammengewürfelt. Manchmal läßt einer eine Zeitung liegen – manchmal, sofern keine Passagiere drin sind, was meist nur der Fall ist, wenn wirklich alle seekrank sind, darf ich in den Fernsehraum ... da ist zwangsläufig die Information, die man bekommt, lückenhaft.«

»Und Landausflüge machen Sie nie?«

»Ich darf nicht.«

»Aber Sie müssen doch ... es hat doch jeder Anspruch auf Urlaub? ...«

»Ich sagte schon: ich gehöre nur zum Schiff, nicht zur Besatzung, obwohl ich manchmal irgendwelche Hilfsarbeiten verrichte, um mir ein paar Pence zu verdienen. Meistens in der Küche, schäle Kartoffeln, und so weiter, was eben so anfällt.«

»Sie gehen nie an Land?«

»Nein.«

»Wann waren Sie das letztemal an Land?«

»Ich war überhaupt nie an Land.«

Ich stutzte.

»Wollen Sie damit sagen, daß Sie seit Ihrer Geburt auf dem Schiff da sind?«

»So ist es.«

»Aber das ist doch unmöglich ...«

»Sitze ich hier neben Ihnen, oder sitze ich nicht neben Ihnen? Ich kann zwar vierdimensional denken, bin aber im landläufigen Sinn real und dreidimensional. Fassen Sie mich an. Also *ist* es möglich. – Ich werde manchmal ärgerlich, daß so eine einfache Sache nie jemand glaubt.«

»Ich glaube, ich werde nachschauen, ob der Steward in der Bar noch einen Kaffee für uns hat. Ist das da drüben schon die englische Küste?«

»Ja«, sagte Wirowski und stand auf. Wir gingen in die Bar. Es gab Kaffee, nicht *noch,* sondern *schon.* Ein paar andere Passagiere saßen auch bereits da.

»Wenn mich ein Passagier mitnimmt«, sagte Wirowski leise, »dann sagt der Steward meistens nichts.«

»Zwei Kaffee«, sagte ich überdeutlich, »für meinen Gast da und für mich.«

»Gut so«, zwinkerte Wirowski. Wir setzten uns nicht, blieben an der Bar stehen, waren ja die ganze Zeit gesessen.

»Es ist ganz einfach«, sagte Wirowski, »1944, als die Normandie und dann große Teile Frankreichs wieder frei waren, haben viele Juden, die sich versteckt gehalten oder im Gefängnis überlebt hatten, versucht, nach England und nach Amerika zu kommen. Sie sind in die Häfen, und die Schiffe, die mit Nachschub für die Alliierten herübergekommen sind, haben ab und zu welche mit hinübergenommen. Meist waren sie auch auf dem Rückweg voll: Verwundete, deutsche Gefangene und so fort. Aber ab und zu, wie gesagt, haben sie auch ein paar Juden mitgenommen. So auch meine Mutter. 1944. Sie hatte keinen anderen Mantel als einen alten, französischen Militärmantel, der ihr viel zu weit war. Sie mußte – wie alle Frauen – unterschreiben, daß sie nicht schwanger war. Schwangere Jüdinnen wollten sie nicht mitnehmen, weiß auch nicht, warum. Vielleicht, daß sie mit der Zählung nicht durcheinander kommen. Hat meine Mutter also unterschrieben, sie war aber doch schwanger, hochschwanger. Der Offizier hat das nur nicht gesehen, wegen des weiten, viel zu großen Militärmantels. Ja. Und dann bin ich nach zwei Stunden hier zur Welt gekommen. So zwei, drei Wochen zu früh. Unten in der Kajüte. 133 a. Das ist die Nummer von der Kajüte. Sie waren alle sehr nett zu meiner Mutter, der Schiffsarzt hat ihr geholfen, und sie haben ihr nachher eine heiße Suppe gebracht, und die Krankenschwester hat irgendwas besorgt, was als Windel benutzt werden konnte ... und der Schiffspfarrer hat mich getauft, obwohl meine Mutter Jüdin war, na ja – hat er vielleicht nicht gewußt. Auf den Namen Jonathan. Der Kapitän hieß Jonathan. Jonathan Cloverdale. So heiße ich also Jonathan Wirowski. Ist mir recht, ist ja auch ein jüdischer Name: Jonathan.«

»Aber dann ist das Schiff ja wohl in Dover angekommen?«

»Das Schiff schon, aber wir, meine Mutter und ich, nicht. Der Kapitän hat sich geweigert, mich ins Register einzutragen, weil meine Mutter ja unterschrieben hatte: sie sei nicht schwanger. *Ohne* mich wollte meine Mutter nicht von Bord gehen, *mit* mir haben sie sie nicht lassen. In England nicht, und nicht mehr in Frankreich.«

»Da ist Ihre Mutter mit Ihnen auf der Fähre hin- und hergefahren?«

»So ist es. Hin und her. Bis zum Kriegsende mit Soldaten und Waffen, dann mit Gefangenen, dann mit Entlassenen, dann mit Ausgemusterten, dann mit Touristen.«

»Und wo ist Ihre Mutter?«

Wirowski schwieg.

»Ist Ihre Mutter – an Bord – verstorben?«

»Als ich vier Jahre alt war«, sagte Wirowski kurz, »hat sie sich in einen Passagier verliebt. Ruck-zuck. Alles während der Überfahrt. Es war eine Fahrt von Dover nach Calais. Er war Amerikaner mit einem portugiesischen Namen. Da Costa oder Da Silva oder so ähnlich. Der Kapitän hat sie getraut, und dann war meine Mutter Amerikanerin. Sie ist in Calais an Land gegangen und hat gesagt: wenn sie die Formalitäten erledigt haben, die notwendig sind, damit mich dieser Da Costa oder Da Silva adoptiert, dann holt sie mich von Bord. Aber die Formalitäten waren wohl zu schwierig. Vielleicht sind die beiden auch auf der Flitterwochenreise verunglückt. Kommt ja vor. Oder irgend etwas in der Art.«

Jetzt schwieg ich. Wir tranken noch einen Kaffee. Es begann lebendig zu werden in der Bar. Die ersten Koffer standen herum. Wir gingen hinaus. Die Hafenanlagen waren schon zu sehen. Das Schiff schlingerte nicht mehr. Möwen schrien.

»So haben Sie nie«, sagte ich, *»nie* einen Fuß an Land gesetzt?«

»Nie«, sagte er. »Die Versuchung ist natürlich manchmal groß. Alle zwei Jahre wird das Schiff überholt und liegt dann drei, vier Wochen im Hafen, hie und da sogar auf Trockendock. Wenn dann niemand an Bord ist, außer mir, in der Nacht, und die Gangway hängt da, und ich bräuchte nur hinunterzugehen ... inzwischen paßt ja keiner mehr so genau auf mich auf. Aber nein – ich habe es nie getan. Vielleicht! – sage ich mir, vielleicht ist es notwendig, daß es *einen* Menschen auf der Welt und in den Jahrtausenden gibt, der nie den Fuß auf die Erde gesetzt hat. Und das bin ich. Jonathan Wirowski. Vielleicht kann ich deshalb vierdimensional denken. Und vielleicht finde ich so *den wahren Satz.«* Lärm setzte ein. Die Maschinen dröhnten lauter, die Fähre manövrierte, das Signalhorn röhrte, Signale vom Land antworteten. Das Deck füllte sich mit Passagieren. Der Morgen begann grau zu dämmern. (Es war Sommer.)

»Der wahre Satz?« fragte ich, »was ist das?«

»Ich vermute«, sagte Wirowski, »daß es, sozusagen ganz unten, *einen* wahren Satz gibt. Einen Satz, den man sagen oder denken kann, und auf dem die Welt beruht. *Gott lebt,* könnte der Satz sein, ist es aber nicht, denn er könnte auch lauten: *Gott ist tot.* Der eine wahre Satz hat keinen möglichen Widerspruch. Man muß ihn nur finden.«

Es wurde geschrien und gestoßen, die ersten drängelten hinunter. Ein Lautsprecher brüllte: die Autobesitzer sollten zu ihren Wagen kommen.

»Sie müssen Ihren Koffer holen«, sagte Wirowski, »Sie haben ein Auto dabei?«

»Ja –«, sagte ich.

»Dann ist es höchste Eisenbahn. Sonst werden die Hilfsmatrosen da unten ganz wahnsinnig, wenn Ihr Auto den Weg für ein anderes verstellt.«

»Wenn Sie den *wahren Satz* gefunden haben, gehen Sie dann von Bord?«

»Ja«, sagte er, »dann schon.«

Ich gab ihm meine Karte: »Dann besuchen Sie mich. Ich wüßte auch gern den wahren Satz.«

»Ja.«

»Abgemacht?«

»Abgemacht.«

»Wirklich abgemacht?« Ich streckte ihm die Hand hin.

»Wirklich abgemacht«, sagte er und schlug ein.

Ich ging hinunter.

Bis heute ist er nicht gekommen. Vielleicht hat er den Satz noch nicht gefunden; vielleicht hat er auch nur meine Karte verloren.

Leere Stadt

Was ich nicht erwartet hatte, war, daß die Stadt sich leer zeigte. Nein, hier schleicht sich schon im ersten Satz eine Ungenauigkeit ein. Wie schwer es ist, präzise zu sein. Ich hatte überhaupt kein Bild von der Stadt vor den Augen. Ich erwartete gar nichts. Ich sah kein Bild einer Stadt vor den Augen, weder mit noch ohne Menschen. Ich hatte keine Vorstellung. Ich hatte nicht nur keine genaue, ich hatte überhaupt keine Vorstellung. Es überraschte mich, auf dem großen Platz vor dem Bahnhof keine Menschen zu sehen. Oder: als ich aus dem Bahnhof, in dem einige Bahnbeamte hin- und herliefen, eine menschliche Stimme aus dem Lautsprecher in einer mir nicht geläufigen Sprache verschiedene Ansagen verkündete, auf den großen Platz vor dem Bahnhofsgelände hinaustrat, war ich erstaunt, daß dieser Platz völlig menschenleer war.

Alles ist ungenau: was heißt da »schon im ersten Satz eine Ungenauigkeit?« Was heißt »erster Satz«? Gibt es in einer Erzählung einen »ersten Satz«? Die Musik ist genau. Eine Symphonie oder eine Sonate hat einen »ersten Satz«. Die Literatur ist ungenau. Vor dem ersten Satz gibt es tausend andere Sätze, die nur nicht geschrieben sind. Fängt die Erzählung nicht viel früher an? Mit dem Tag, als ich ein Buch mit einem dunklen Umschlag zur Hand nahm, auf dem eine Mauer abgebildet war? (Oder soll ich sagen: an dem Tag, als mir dieses Buch mit dem dunklen Umschlag, auf dem eine Mauer abgebildet war, *in die Hand fiel?)* – oder mit dem Tag, als sich der Galanteriewarenhändler liebend mit seiner Frau vereinigte? Oder mit dem Tag, als sich der Vater des Galanteriewarenhändlers mit seiner Frau liebend vereinigte?

Warum war der große Platz vor dem Bahnhofsgebäude leer? Vielleicht war der Tag, an dem ich ankam, ein Sonntag. Das Geschäftsleben ruhte. Die Leute waren daheim, frühstückten in Ruhe oder waren in der Kirche bei der Messe. Auch Hunde gab es nicht. Das nun wieder war mir klar. Ein Hundefänger, den ich vom Hörensagen kannte, hatte hier alle Hunde längst eingefangen und an auswärtige Interessenten oder an Fabriken zur Herstellung von Möbelwachs verkauft. Aber es war nicht Sonntag. Es war Donnerstag. War es ein Feiertag? Ein nationaler Gedenktag, von dem ich nichts wußte?

Oder: der Platz vor dem Bahnhof wimmelte von Menschen. Es gab auch viele Hunde. Der Hundefänger war längst tot. Sein Schicksal ist unbekannt, aber tot ist er längst. Neue Hundegenerationen sind nachgewachsen. Der Hundefänger hat keinen Nachfolger gehabt. Der Platz wimmelte von Menschen und Hunden, wie an jedem gewöhnlichen Werktag.

Oder: der Platz war zu meinem Erstaunen menschenleer bis auf eine einzige Gestalt, die sich aber grad abwandte und in eine Seitengasse verschwand. Die Schatten der großen Häuser fielen schwarz auf das graue Pflaster. Der Himmel war weiß.

Ich hatte die Reise selbstverständlich vorbereitet, wenn auch – muß ich gestehen – die Vorbereitung sich im Ankauf eines Stadtplanes erschöpfte. Oder: im Nachlaß eines im Krieg gefallenen Onkels fand sich ein Buch über Geschichte und Kultur jener Stadt, ein fragwürdiges und läppisches Buch, das auf fahlen Seiten absichtlich unscharfe, wie zu weich gewordene, zu lang im Wasser gelegene Bilder enthielt und außerdem einen Text, der versuchte, die Geschichte dieser Stadt als nie anders als rein deutsch gewesen darzustellen. Aber dieser Band enthielt auch einen Stadtplan, den ich heraustrennte und mitnahm. Der Stadplan stimmte nicht mehr. Auch Städte bewegen sich.

Nein: Städte waren viele hundert Jahre lang aus Stein, was aus Stein war, war fest. Ein Haus war ein Haus, eine Straße war eine Straße. Wo ein Haus war, war auch nach Jahrhunderten noch ein Haus. Erst vor einigen Jahrzehnten begannen auch Städte zu fließen. Sie bewegen sich wie Amöben. Der Stadtplan stimmte nicht mehr, aber ich konnte mich doch nach ihm orientieren.

Es gab breite und enge Straßen. Die breiten Gesimse der Torbögen warfen schwarze Schatten bis auf das Pflaster. Die Verzierungen über den Fenstern und die steinernen Figuren warfen schwarze Schatten abwärts über die Fassaden, schraffierten sie. Die ganz engen Gassen waren voll von solchen Schatten. Aus den Fenstern schaute niemand.

Oder: eine in einer mir fremden oder nur als Musik geläufigen Sprache murmelnde Menge wälzte sich durch die Straßen und Gassen und beachtete mich nicht. Die ausgestellten Waren in den düsteren, oft staubigen Schaufenstern der Geschäfte waren dürftig.

Der andere große Platz war wieder menschenleer. Es war Abend geworden. Zwei Polizisten patrouillierten. Sie blieben an der Ecke eines Hauses stehen, drehten sich um und wippten mit dem rechten Fuß, beide. Der Platz war nicht menschenleer gewesen: auf der anderen Seite, ganz drüben am Eingang eines palastartigen Gebäudes, stand eine Gestalt. Es war der gleiche Mann, den ich am Vorplatz des Bahnhofes gesehen hatte. Es war ein kleiner Mann von gedrungener Gestalt. Wieder wandte er sich ab, verschwand aber nicht im Eingang des palastartigen Gebäudes, sondern in einer sehr engen Gasse. Vielleicht hat ihn der Anblick der Polizisten vertrieben.

Es war inzwischen Abend geworden. Die Menschenmenge hatte sich verlaufen. Es war ganz still. Aus Sparsamkeit schaltet die Stadtverwaltung nur jede zweite Straßenlaterne an. Den Ladenbesitzern ist es verboten, die Lichter ihrer Auslagen brennen zu lassen. Das Pflaster ist schön, aber uneben. Man muß vorsichtig sein.

Das Tor, der Haupteingang zur Versicherung war geschlossen. Selbstverständlich, wie sollte es anders sein um diese Tageszeit, wo die Dienststunden längst abgelaufen waren. Außerdem hatten heute vielleicht gar keine

Dienststunden stattgefunden, weil ein mir unbekannter Feiertag war, vielleicht der Jahrestag des Todes eines Präsidenten oder eines Generals. Wenn man die Jahrestage des Todes aller Präsidenten und aller Generäle feierte, bräuchte man überhaupt nicht mehr zu arbeiten.

»Oder –« sagte mir der kleine, gedrungene Mann in der Bierwirtschaft, »vielleicht möchte es einen Tag geben, einen einzigen Tag im Jahr, an dem nie ein Präsident respektive General zu sterben beliebt haben. An *dem* Tag wird gearbeitet. Aber dann legt sich der gegenwärtige Herr Präsident – Gott möchte verhüten, ich meine es nicht wirklich, nur so zum Spaß – der gegenwärtige Herr Präsident in tödlicher Krankheit befallen zum Sterben hin, und wird hinfälliger und hinfälliger, und es möchte zu befürchten stehen, daß justament an *dem* Tag der verehrungswürdige sowie gegenwärtige Herr Präsident stirbt – Jesus, Maria und Joseph – und da fallen selbst in den entlegensten Gemeinden die Menschen auf offener Straße aufs Knie, respektive einander in die Arme und vergießen Tränen über Tränen, daß vielleicht der Präsident am übernächsten Tag stirbt, wo sowieso schon Feiertag ist, damit der einzige Tag, an dem man arbeiten darf, nicht auch noch Feiertag wird. Wer hält so was aus, möchte ich bitte fragen, soviele Feiertage? Niemand hält das aus.« Der gedrungene Mann nahm einen Schluck Bier aus seinem Krug, zog dann ein kleines Wachstuchheft aus der Brusttasche seiner Jacke und notierte etwas darin mit einem Bleistift, der schon so klein war, daß er ihn kaum in der Hand halten konnte.

Der untersetzte Mann, der nun schon leicht angetrunken war, begleitete mich zurück zu dem großen Platz. Es war Mitternacht vorbei. Die Stadtverwaltung schaltet aus Sparsamkeit um Mitternacht von der Hälfte der brennenden Straßenlaternen nochmals zwei von drei ab. Die Polizisten haben große, starke Taschenlampen bei sich. Der Mann sagte: »Warum soll man es nicht probieren? Vielleicht ist der Hausmeister noch auf. Mehr als schimpfen kann er nicht. Vielleicht ärgert er sich, weil wir ihn wecken mit Läuten.« Er kicherte. »Hausmeister muß man ärgern. Immer. Alle, wo es geht. Auf der ganzen Welt.« Er läutete. Das heißt: er drückte auf den Knopf. Ein Klingelknopf an einem so großen, schweren Tor ist seltsam, paßt nicht. An Schlössern und Palästen paßt kein Klingelknopf. Am Tor von Schloß Windsor ist auch kein Klingelknopf mit einem Messingschild »Queen«. Aber dort an dem palastartigen Gebäude, das eine Versicherung ist, war ein Klingelknopf angebracht, ein einzelner, offensichtlich lang nach Einrichtung des Gebäudes angebrachter und darum zweifach unangemessener Klingelknopf, ohne Messingschild, ohne Bezeichnung.

Entweder funktionierte die Klingel nicht, oder aber die Leitung führte zu einer Klingel in einem so entfernten Teil des weitläufigen Gebäudes, daß man hier am Tor das Klingeln nicht hörte. Entweder gab es keinen Hausmeister, oder der Hausmeister hörte das Läuten nicht, oder der Hausmeister hörte zwar das Läuten, dachte sich aber: das ist nur ein Besoffener, der klingelt. Es machte niemand auf. Zwei Polizisten kamen heran. Der kleine, untersetzte Mann dolmetschte: daß ich auf der Suche nach einem bestimmten Herrn wäre, der in dem Gebäude da tätig ist. Oder tätig war.

Die Polizisten schalteten ihre Taschenlampen ein und kontrollierten unsere Ausweise. Der gedrungene Mann dolmetschte: die Polizisten empfählen mir, morgen hier nachzufragen und außerdem sofort in mein Hotel zurückzukehren.

Am nächsten Tag aber, am Freitag, wurde die Nachricht bekanntgegeben, daß der Marschall einer benachbarten Republik gestorben war. Es wurde Staatstrauer verordnet. Es wurde nicht gearbeitet. Abends brannten ausnahmsweise alle Straßenlaternen. Der gedrungene Mann, den ich wieder in der Bierwirtschaft traf, sagte: für die Volkswirtschaft ist es besser, wenn *nicht* gearbeitet wird. Dann fallen wenigstens keine Fehler vor. Am übernächsten Tag war Samstag. Am Sonntag lief mein Visum ab. Der Platz vor dem Bahnhof war voll von Menschen, aber der Zug, mit dem ich abfuhr, war leer.

Das Kochbuch des Anarchisten

Am 29. Juli 1900, einem Sonntag, wurde in Monza der König von Italien Humbert I. durch einen Schuß getötet. Den Schuß gab ein Anarchist namens Carlo Bresci ab. Inwieweit das Datum – 29. Juli – Bedeutung hat, ist meines Wissens noch nicht untersucht worden. Der 29. Juli ist der Tag der heiligen Martha und Beatrix. Die heilige Martha ist die Patronin der Hauswirtschaft und der Köchinnen, weil sie den Herrn zu Bethanien bewirtet hat, die heilige Beatrix ist die Patronin der Küche und der Köche und wird auch von Schiffsköchen in Seenot angerufen. Der Anarchist Bresci, der Mörder des Königs Humbert, war Koch, der erste anarchistische Koch, der in die Geschichte eingegangen ist.

Die Polizei durchsuchte natürlich auch Brescis Wohnung. Bresci lebte in Mailand. Er war unverheiratet und lebte mit seiner verheirateten Schwester bei der Mutter. (Die Mutter hieß übrigens Martha!) Er arbeitete als einziger Koch in einem mittelmäßigen Restaurant in der Via Vivajo in der Nähe der Präfektur, deren Beamte häufig in dem Restaurant verkehrten. Unter den Habseligkeiten Carlo Brescis, die allesamt beschlagnahmt wurden, fand sich ein Manuskript, das neue Verwirrung bei den Ermittlungen stiftete. Es handelte sich um ein Fragment – 81 Seiten – des Manuskripts zu einem Kochbuch, allerdings zu einem Kochbuch besonderer Art. Das Manuskript stammte nicht von der Hand Brescis, wie ein Handschriftenvergleich ergab, Bresci behauptete aber, das Buch stamme dennoch von ihm, er habe es einem Schreiber diktiert, an dessen Namen er sich nicht mehr erinnern könne. (Die Mutter und die Schwester Brescis konnten sich freilich nicht entsinnen, daß Carlo jemals einen Schreiber beschäftigt habe; es wäre ihnen auch rätselhaft, sagten sie, woher Carlo das Geld hätte haben sollen, einen Schreiber zu bezahlen.) Der ermittlungsführende Staatsanwalt Dr. Stefano Aimone Scampini wollte – aus mehreren Gründen, wie wir gleich sehen werden – Bresci veranlassen, das Manuskript im Gefängnis weiterzuschreiben. Bresci lehnte ab. Dr. Scampini vermerkte allerdings später in seinem Ermittlungsbericht, daß ihm Bresci den Plan, wie das auf etwa 500 Seiten berechnete Werk weitergeführt hätte werden sollen, genau geschildert habe. Dr. Scampini hatte keinen Zweifel an der Urheberschaft Brescis an dem Kochbuch.

(Die 81 Blätter befinden sich heute in der Biblioteca Nazionale Braidense in Mailand, Kat. No. 3 R–1637/19/II/34.)

Bresci hatte in seinem Fragment die Nahrungsmittel und Speisen, auch die Getränke, in *revolutionäre* und *reaktionäre* eingeteilt. Es handelte sich also um nichts weniger als ein Kochbuch nach soziologischen Gesichtspunkten, ein Gedanke, der erstaunlicherweise bis heute nicht wieder aufgegriffen wurde.

Rote Nahrungsmittel (mit wenigen Ausnahmen) gelten Bresci als revolutionär: Tomaten, Radieschen, Radicchio (die in Italien verbreitete rote Abart des grünen Salates), Rotwein, Himbeeren, Kirschen, Blutwurst usw., wobei er der Tomate, der, wie Bresci wörtlich sagt, »ein eigenartig aggressiver Charakter von alters her innewohnt«, einen besonderen revolutionären Platz einräumt. An roten Nahrungsmitteln gilt Bresci als reaktionär der Hummer. Überhaupt zeigt Bresci einen Zug ins Asketische. Alles, was nicht schmeckt, gilt ihm als revolutionär, alles, was anderen als Leckerbissen gilt, als reaktionär. Polenta, Hirse mit Sirup, Preßsack sind seiner Ansicht nach revolutionäre Speisen, Fasane zum Beispiel, Forellen, Zunge in Madeirasauce usw. sind reaktionäre Gerichte. Der Gipfel an reaktionärer Küchenpraxis ist für Bresci natürlich der Kaiserschmarrn.

Dieser quasi-asketische Zug aller Revolutionäre ist seltsam. Robespierre war ja geradezu ein Fakir, Hitler war

Vegetarier, Stalin verordnete puritanische Lebensart, Mao nährte sich von gequollenem Reis. Der Verdacht drängt sich auf, daß die Revolutionäre und Progressiven den Standard des Systems, den sie vorfinden, nicht durch Anheben, sondern durch Abbauen egalisieren wollen. Mit Bresci zu sprechen: die Revolutionäre wollen nicht den Armen Steaks verschaffen, sondern die Reichen zwingen, auch Polenta zu essen. Bresci hat ein revolutionäres Einheitsmenü geschaffen, das er die »Gleichheitspfanne«, auch »Urpfanne« nannte: Kartoffeln oder Reis oder Nudeln oder Polenta werden in eine Pfanne geworfen oder geschnipselt, etwas Öl oder Butter oder sonstiges Fett darüber gegossen, Salz darüber gestreut, und alles was sich im Haus an Lebensmitteln vorfindet, kleingehackt hineingerührt: Käse, Eier, Brot, Schinken. Das Ganze brate man nach Belieben länger oder kürzer. Während die Gleichheitspfanne brät, denke man an die soziale Revolution. Auch während des Essens denke man an die soziale Revolution.

Der Staatsanwalt, Dr. Stefano Aimone Scampini, arbeitete damals auch an einem Kochbuch. Man wird sich also nicht wundern, daß der Staatsanwalt dem Fall Bresci mehr als dienstliches Interesse entgegenbrachte. Scampinis Werk war nicht minder seltsam als das Werk Brescis. Der Staatsanwalt hatte damals schon über zehn Jahre lang Material über Henkersmahlzeiten gesammelt. Jan Hus, zum Beispiel, hatte sich einen Truthahn mit Erbsen gewünscht, Maria Stuart ein flambiertes Omelette, der Herzog von Orléans ein Menü von nicht weniger als sechzehn Gängen (unter anderem in Lorbeer gedünstete Schweinshoden und einen gefüllten Hecht). Als der Herzog mit dem Essen fertig war, fragte ihn der Henker, ob es ihm geschmeckt habe. Der Herzog sagte: »Ja, danke. Ich habe nicht geglaubt, daß sie alle sechzehn Gänge genehmigen werden. Aber ich sehe, die Republik läßt sich den Kopf des Herzogs von Orléans schon etwas kosten.« Giordano Bruno verlangte als Henkersmahlzeit ein Fohlenschnitzel. Warum ein Fohlenschnitzel? fragte der Henker erstaunt. Giordano Bruno erklärte, daß er nie in seinem Leben mit Bewußtsein Pferdefleisch gegessen habe, und bevor er aus der Welt gehe, wolle er auch die Erkenntnis gewinnen, wie ein Fohlenschnitzel schmecke. Ob, fragte der Henker, denn diese Erkenntnis so kurz vor dem Tod noch etwas nütze? Erkenntnis, sagte Giordano Bruno, nütze immer. Wenige Jahre vor dem Königsmord von Monza – 1889 – war in Italien die Todesstrafe abgeschafft worden. Dieser Mord ließ die Diskussion über die Todesstrafe wieder aufleben. Nicht wenige forderten angesichts dieses anarchistischen Verbrechens ihre Wiedereinführung. Obwohl er – schrieb Dr. Scampini in dem Nachwort zu seinem ›Henkerskochbuch‹, das 1912 endlich erschien – prinzipiell gegen die Todesstrafe eingestellt sei, auch immer gewesen sei, habe er doch im Falle Brescis auf ihre Wiedereinführung gehofft, denn er hätte sich gewünscht, sein Werk mit der Henkersmahlzeit eines professionellen Koches anreichern zu können. Bresci wurde am 30. August 1900 vom Schwurgericht in Mailand nicht zum Tode, aber zur höchstmöglichen Strafe verurteilt: lebenslängliches Zuchthaus mit sieben Jahren Einzelhaft. Am 22. Mai 1901 (dem Tag der heiligen Rita und Renata; Rita, die Patronin der Küchengewürze und Renata, die Patronin der Weinessighersteller!) entleibte sich Bresci in der Zelle, indem er sich eine Gabel in den Hals stieß. Er hat, schreibt Dr. Scampini, doch so etwas wie eine Henkersmahlzeit gehabt, allerdings nur theoretisch. Auf die Zellenwand schrieb Bresci in der Nacht vor seinem Selbstmord ein Rezept, das Dr. Scampini im Anhang seines Werkes wiedergibt: die *Monzaschnitte*.

Die *Monzaschnitte* ist ein Weißbrottoast (klassischer: eine Scheibe Weißbrot) mit Butter bestrichen, darauf eine dünne Schicht scharfen Senf und darüber herbe Orangen- oder Zitronenmarmelade.

Die Bezeichnung, die Bresci für seine kulinarische Erfindung gewählt hat, deutet an, daß es sich um eine revolutionäre Speise handelt.

Aber auch Dr. Scampini hat, wenngleich bescheidener, zur Bereicherung der Küche (kann man »Weltküche« in Anlehnung an den Begriff »Weltliteratur« sagen?) beigetragen. Die fast vergessene *»Macedonia di Rè Umberto«* ist seine Erfindung. Diese Abart des Obstsalats wird statt mit Maraschino mit Grappa angemacht und mit sprudelndem Mineralwasser aufgefüllt.

Nachdem Dr. Scampini 1929 in Pension gegangen war, befaßte er sich bis zu seinem Tod am 19. Februar 1934 wiederum mit dem Fragment von Brescis Kochbuch, von dem er sich eine private Abschrift gemacht hatte. Er glaubte, sagte er kurz vor seinem Tod, in dem Werk hinter der Fassade der kulinarischen Bedeutung etwas ganz anderes, weit Wichtigeres entdeckt zu haben, das mit Revolution und Reaktion nichts zu tun habe und geeignet sei, eine neue Philosophie zu eröffnen. Diese Entdeckung nahm Scampini mit ins Grab.

Kurtz' Geschichte

Er hieß Kurtz und trug einen Arm in der Schlinge. Was, fragte sich der Berenfelder, läßt sich mit einer Feststellung: er hieß Kurtz und trug einen Arm in der Schlinge, anfangen? Wir müssen vor allem darauf achten, sagte sich Berenfelder, daß die Sache nicht irgendwie ausufert, verflacht, oder meinetwegen zerrinnt, wenn Sie so wollen.

Kurtz, der den einen Arm in der Schlinge trug, blieb am Randstein stehen und schaute nach links und nach rechts. Irgendwie ist es schon merkwürdig, sagte sich Berenfelder, jetzt hat er sich allenfalls den Arm gebrochen, allenfalls! nicht einmal das glaube ich, wahrscheinlich hat er nur einen Abszeß am Ellenbogen oder womöglich nur einen eingewachsenen Nagel, und schon benimmt er sich wie ein Krüppel. Tappt mit den Fußspitzen am Randstein hin und her, als wäre er blind. Sehr widerwärtig. Obwohl man natürlich, sagte sich Berenfelder, nicht so einfach in einen Menschen hineinschauen kann, wer weiß, was da alles für merkwürdige Dinge vorgehen. Zum Beispiel in mir, sagte Berenfelder, was zum Beispiel in mir alles vorgeht: ich bin Hypochonder. Hypochonder sind nie krank, das weiß man. Solange ich also Hypochonder bin, das heißt: solange mir alles mögliche weh tut, bin ich sicher, daß mir in Wirklichkeit gar nichts fehlt. Erst wenn ich spüre, daß mir nichts mehr weh tut, daß ich ohne Tabletten schlafen kann, daß ich ohne eingelegte Dörrpflaumen aufs Klo gehen kann, wenn ich nicht mehr wegen einer roten Stelle auf der Hand, so groß wie ein halber Franken, gleich meine, mir würde der Arm amputiert, erst dann, wenn mir nichts mehr fehlt, dann bin ich wahrscheinlich wirklich krank. Vor dem Moment fürchte ich mich.

Kurtz ging etwa bis zur Mitte der Straße, dort blieb er stehen, dachte nach, drehte sich um und kehrte zur diesseitigen Straßenseite zurück. Beim Umdrehen, ja, wie soll ich das sagen? fragte sich Berenfelder, beim Umdrehen, das mit einem gewissen Schwung erfolgte, *scherte* der eingeschlingte Arm *aus.* Schwang weg vom Körper, infolge der Zentrifugalkraft, als ob der Arm oder besser: der Unterarm nicht zum Körper gehöre, nur mittels der Schlinge am Körper hing, am Körper hing wie zum Beispiel eine Umhängetasche oder ein Brotbeutel. Man müßte das, sagte sich Berenfelder, viel einfacher ausdrücken können. Zum Beispiel: sein Arm *schweichte.* Schweichte, infinitivum: schweichen, heißt: ein Gliedmaß in Schlinge schwingt infolge Einwirkung der Zentrifugalkraft etwa bei rascher Bewegung (Umdrehen auf der Straße usw.) kurz vom Körper weg. Wegschweichen, wieder hinschweichen. Können auch Beine schweichen? Das dürfte begrifflich ausgeschlossen sein. Wenn man ein Bein in der Schlinge hat, kann man keine raschen Bewegungen machen. Höchstens in einem Drehsessel. Wenn also Kurtz, zum Beispiel, sagte sich Berenfelder, statt seines eingebildeten Abszesses am Ellenbogen einen eingebildeten oder meinetwegen sogar wirklichen Abszeß am Bein hätte, am Knie etwa, und er hätte das Bein in der Schlinge, also abgewinkelt und heraufgebunden, storchartig, und er säße auf seinem Drehsessel, sagen wir: am Klavier, und spielte, sagen wir, die Sonate für das Pianoforte Nummer 29 in B-Dur Opus 106, genannt ›Große Sonate für das Hammer-Klavier‹, gewidmet dem Erzherzog Rudolph, obwohl ich Kurtz nicht einmal zutraue, daß er »Hänschen Klein« (ohne Opus-Zahl, niemand gewidmet) spielen kann, aber egal: und er käme an diese blöde Stelle, wo für sechs Takte statt wie bisher zwei B plötzlich zwei Kreuz vorgeschrieben sind, und dann gleich wieder zwei B, und man vertut sich da natürlich, wenn die neue Notenzeile kommt, und man spielt statt d – fis – h – d d – f – b – d, und Frau Kurtz, die, sagen wir, die Hammerklaviersonate unheimlich gut kennt, schreit: fis! fis! und Kurtz drehte sich mit Schwung – »Wie bitte?« – auf seinem Klavierstuhl um, *schweicht* dann sein eingeschlingtes Bein?

Aber auch das, sagte sich Berenfelder, ist doch eine Schande. Wieviel Wörter man braucht, um einen im Grunde simplen Sachverhalt: wie einer bei einer zugegeben etwas, aber durchaus nicht übermäßig schwierigen Stelle in der Sonate für Pianoforte Nummer 29 in B-Dur op. 106, genannt ›Große Sonate für das Hammer-Klavier‹, gewidmet dem Erzherzog Rudolph, dadurch, daß unvermutet an einer bestimmten Stelle statt zwei B zwei Kreuz stehen, ein wenig falsch spielt, was die wenigsten merken würden, statt richtig: d – fis – h – d falsch: d – f – b – d, und seine Frau, der das im Grunde genommen ganz gleich sein kann, sich einmischt und sagt: fis! fis! und dabei übersieht, daß er nicht nur statt fis f, sondern auch statt h b gespielt hat, sehr weit her kann es also mit ihrer Kenntnis der Hammerklaviersonate nicht sein, auf die sie sich soviel einbildet, und er, Kurtz, dreht sich um auf dem Klavierstuhl, mit Schwung, so daß sein Bein, an dem er einen vielleicht wirklich schmerzlichen Abszeß hat und das er in einer Schlinge zu tragen gezwungen ist, sein Bein also schweicht, und er sagt: »wie bitte?« nicht »ha?« oder »he?« oder »Wass?« nein, völlig die Form wahrend »Wie bitte?« – das alles müßte viel kürzer auszudrücken sein. In einem Wort. Zum Beispiel: Kurtz klehte »Wie bitte?« zum Beispiel. Klehen: sich, am Klavier falsch gespielt habend, dies von Gattin bemerkt worden, darauf angesprochen, sich mit eingeschlingtem Bein, das dabei schweicht, rasch auf dem Klavierdrehstuhl umdrehen.

Kann man auch sagen: ein Polizist *schweicht?* Einen Moment, sagte Berenfelder zu sich selber, erst was anderes. Man müßte überhaupt für alle komplexen Vorgänge einfache Begriffe finden. Zum Beispiel: wenn der Regen auf die Straße trommelt, und die Tropfen spritzen zurück, und die zurückspritzenden Tropfen prallen mit nachfolgenden Regentropfen zusammen, und beide Tropfen sprühen auseinander, so daß, wenn man sich zum Boden niederbeugt, und schaut über den Asphalt hin, man meint, man sähe ein Zwergenfeuerwerk aus Wasser – so ein Phänomen, obwohl es so schön und poetisch ist, hat keinen Namen. Ich schlage vor: das *Bratzlicken.* Tucholsky hat für jenes unnennbare, unbeschreibliche Mittelding zwischen Flirren und Zittern, das das Pappellaub macht, wenn ein leichter Wind durchfährt, ein Wort erfunden, ich weiß nur nicht mehr, wie das Wort hieß, sagte sich Berenfelder; abgesehen natürlich von so hanebüchenen Dingen wie, daß es zwar ein Gegenwort zu hungrig, nämlich satt, gibt, zu durstig aber keines. Ich schlage des weiteren vor: Es *boduhmt.* Boduhmen bedeutet: Ruhe über sämtlichen Gipfeln, kein Hauch über Wipfeln, schweigende Vögel, warte nur, balde ruhest du auch; dies am 6. September 1780, einem Mittwoch, an die Bretterwand der Jagdhütte auf dem Gickelhahn bei Ilmenau schreiben. Es boduhmt, wäre viel kürzer, und jeder wüßte doch, was gemeint ist. »Ueber allen Gipfeln ist Ruh...« und so weiter. Oder: *es bodderdommert.* Das bedeutet: »Im dunkeln Efeu saß ich, an der Pforte / Des Waldes, eben, da der goldene Mittag, / Den Quell besuchend, herunterkam / Von Treppen des Alpengebirges...« et cetera, sage und schreibe fünf Seiten lang, und zum Schluß: »... oder auch / Bei Nacht, wenn alles gemischt / Ist ordnungslos und wiederkehrt / Uralte Verwirrung.« Sehr schön, aber doch sehr umständlich. Es bodderdommert ... jeder wüßte Bescheid. *Das Gentz-Letzetten.* Das ist, mehr braucht man nicht zu sagen, die Geschichte von den Brüdern Karamasow. Man müßte alles, und wenn es noch so kompliziert ist, in einem Wort ausdrücken können. Für diese Geschichte hier, die Geschichte mit Kurtz, sagte sich Berenfelder, würde ich *Das Lellof* vorschlagen. Lellof bedeutet: ... ich will das jetzt nicht wiederholen, das bedeutet eben, was bisher mit Kurtz passiert ist. Arm in der Schlinge. Bein in der Schlinge. Klavierstuhl, Hammerklaviersonate, Frau Kurtz, die sich seit Jahren so unheimlich viel auf ihre Bildung einbildet, das muß einem auf die Nerven gehen, noch dazu so einem kleinkarierten Charakter wie Kurtz, der sich wegen jeden windigen Abszesses das Bein in eine Schlinge legt, daß er dasteht wie ein Storch.

Kann man sagen: ein Polizist *schweicht?* fragte sich Berenfelder. Im übertragenem Sinn: ja, wenn nämlich der Polizist auf dem Trittbrett eines Polizeiautos steht, das gerade um eine Kurve fährt, so daß, sofern der Polizist an der Seite des Polizeiautos steht, das den äußeren Kreis der Spur beschreibt, der Polizist durch die Einwirkung der Zentrifugalkraft vom Auto weggedrückt wird, dort hängt wie ein Brotbeutel, Objekt statt Subjekt, sich krampfhaft festhält, daß er nicht davonschnellt, dann, sagte sich Berenfelder, kann man davon sprechen, daß ein Polizist schweicht.

Sie eine Bildungshyäne sagt *einmal* fis! fis! Sie sagt zweimal: fis! fis! oder so etwas Ähnliches. Es passiert nichts. Sie sagt es hundertmal; das kann so einen wie Kurtz, der natürlich, wie nicht anders zu erwarten, kein Nervenkostüm aus Gußeisen hat, schon gehörig mitnehmen. Aber sie sagt es nicht hundertmal, sie sagt es auch nicht tausendmal, sie sagt es – sagen wir, sagte sich Berenfelder (Fußnote, die um der besseren Übersicht willen nicht unten, sondern im Text abgedruckt ist – abgesehen davon: ziehen Fußnoten das Auge des Lesers magisch an und vom eigentlichen Text ab. Das soll nicht sein. Ich kenne Leser, sagte sich Berenfelder, die lesen in Büchern nur die Fußnoten. Fußnote also: *sagen*, so oft *sagen*, das ist auch so etwas. Natürlich gibt es da Tricks: redete ..., sprach ..., flüsterte ..., eine Zeitlang war es Mode, hier Wörter zu gebrauchen, die mit dem Akustischen nichts zu tun hatten, der »Spiegel« hat das aufgebracht: »... der Kanzler drehte sich um: ›Und ich sage Ihnen! ...‹, oder ›Hallo!‹ hechtete Freddy über die Mauer ...« Erstens ist das inzwischen schon wieder abgekommen, und zweitens ist das so, daß jeder gleich sieht, das soll zwangloser Stil sein, eleganter Stil. Dabei ist es mit dem eleganten Stil so wie mit den englischen Herrenanzügen früher. Elegant ist es nur, wenn man es nicht merkt. Ich schlage deshalb vor, das Wort *sagen* abzuwandeln: *saken, sahgen, saggen, sagden.* Aber für diese Geschichte hier ist das schon zu spät.) Es wäre jetzt am besten, sagte sich Berenfelder, man läse noch einmal den Satz vor der Parenthese und dann ohne nochmals die Parenthese zu lesen hier weiter: es ist ja ganz gleich, was wir für eine Zahl nennen, es muß nur eine hohe Zahl sein, sagen wir, sie sagte es in ihrem Leben sechzehntausendvierhundertdreiundvierzigmal. Sechzehntausendvierhundertzweiundvierzigmal passiert nichts, höchstens daß Kurtz sagt »Wie bitte?« oder er sagt gar nichts und geht hinaus. Und nach dem sechzehntausendvierhundertdreiundvierzigstenmal sagt Kurtz zwar auch noch »Wie bitte?« weil er die Form wahrt, trotz allem, aber es war das letztemal. Das Bein schweicht, aber Kurtz sieht da auf eine Konsole – die Alte hat natürlich auch einen Möbeldünkel, die Konsole, wer hat sonst schon so was, stammt aus dem Besitz einer ihrer Tanten, die mit einem Professor verheiratet war, der einmal in der engeren Auswahl für den Nobelpreis gestanden hat, auch damit hält die Alte natürlich nicht hinterm Berg – sieht da auf der Konsole, was der zigeunerartige Typ vor einer halben Stunde vom Schleifen zurückgebracht hat. Offenbar hat man zu viel bezahlt, denn der Schleifer hat das Beil sogar in Papier eingewickelt. Ohne das Beil auszuwickeln, wohl aber sein Bein aus der Schlinge nehmend, weil er sonst nicht richtig ausholen kann – ja, und dieser Kurtz, nicht nur, daß er statt d – fis – h – d d – f – b – d gespielt hat, er hackt sich auch noch mit dem Beil auf den Daumen der linken Hand, mit der er den Kopf der Alten festhält. Und so war es das letztemal, daß sie fis! fis! gerufen hat.

Der Polizist, der in der Kurve geschweicht hat, springt herunter. Das gibt natürlich Schwung. So einer wie Kurtz macht zwar noch einen Hupfer, und dann hat er ihn, der

Polizist den Kurtz. Wie er ihn umdreht, der Polizist den Kurtz, schweicht noch einmal Kurtz' Arm.

Die Suche nach der verlorenen Zeit, sagte sich Berenfelder, sieben Bände: das ist zwei Wörter wert, da braucht man zwei Wörter, um das auszudrücken: *Das Tempf* und *die Bohweiss,* zum Beispiel, solang nichts Besseres erfunden ist.

Der Mord

»Neugier«, sagte Oberstaatsanwalt Dr. F. zum jungen Assessor H., der vor einigen Monaten in seine Abteilung versetzt worden war, und den der Oberstaatsanwalt durch geeignete kleine Vorträge davon zu überzeugen versuchte, daß die Arbeit bei der Staatsanwaltschaft nicht nur aus der Erledigung der Akten bestehen darf, »Neugier ist nach meiner Überzeugung kein Laster, sondern eine Begabung. Daß die Neugier als Laster verschrien ist, hängt damit zusammen, daß so wenig Leute mit echter Neugier begabt sind. Abgesehen davon: weder in den alttestamentarischen Geboten noch in den Moralvorschriften, die uns unser Herr und Menschensohn im Neuen Testament macht, ist irgend etwas gegen die Neugier herauszulesen.«

»Aha«, sagte Assessor H. und verbeugte sich leicht. Dr. F. merkte erst jetzt, daß er vergessen hatte, seinem jungen Kollegen und Mitarbeiter Platz anzubieten. Assessor H. stand mitten im Zimmer und hatte eine Akte unter dem Arm.

»Verzeihen Sie«, sagte Oberstaatsanwalt Dr. F., »ich lasse Sie da herumstehen. Setzen Sie sich hin. Was haben Sie denn da?« Dr. F. deutete auf die Akte.

»Nicht das«, sagte Assessor H. und setzte sich, »diese Akte habe ich nur grad aus der Schreibkanzlei geholt, auf dem Weg hierher. Ich komme, weil eine gewisse Frau Rexinger schon das zweite Mal bei mir war. Das heißt: sie ist noch bei mir. Draußen auf dem Gang wartet sie.« Jeder Staatsanwalt, so jung er auch ist, hat in seinem Referat einen gewissen Bodensatz an Querulanten. Da gibt es den Gewerbeoberlehrer a. D., der regelmäßig alle Vierteljahre den Mitmieter im Haus, der unter ihm wohnt, anzeigt, weil der durch die Steckdose giftige Dämpfe in seine, des Gewerbeoberlehrers Wohnung leite, wovon der Gewerbeoberlehrer heftige Kopfschmerzen bekomme. Wenn man seine Anzeige entgegennimmt und versichert, daß alles Erforderliche veranlaßt wird, ist der Gewerbeoberlehrer a.D. zufrieden. Es gibt die alte Dame, Witwe eines masurischen Forstmeisters, die – namentlich vor hohen Feiertagen – zu bemerken glaubt, daß eine gewisse Person zwielichtigen Charakters, die in Augsburg wohnt, sie totbeten will. Unmittelbar nach den Feiertagen erscheint die Forstmeisterswitwe in der Staatsanwaltschaft und zeigt die Person aus Augsburg an, wobei sie als Beweis ihr Tagebuch vorlegt, aus dem alles haarklein hervorgeht. Ein Witzbold unter den Staatsanwälten kam eines Tages auf die Idee, die Forstmeisterswitwe zur Staatsanwaltschaft Augsburg zu schicken, denn eigentlich, sagte er, sei ja die zuständig. Daraufhin verschwand die Forstmeisterswitwe aus dem Gesichtskreis der hiesigen Staatsanwaltschaft. Wahrscheinlich belästigt sie von da ab die Kollegen in Augsburg. Vielleicht ist sie sogar dorthin verzogen.

Dann gibt es den sonst biederen Tapeziermeister, der seit seiner Scheidung in dem Wahn lebt, seine ehemalige Frau habe eine »Zentrale« zur Bekämpfung von ihm, dem Tapeziermeister, gegründet. Der Tapeziermeister ist relativ harmlos, weil er nicht persönlich kommt, sondern nur Schriftsätze schickt, die im Referat »Z« (für »Zentrale« zuständig) abgeheftet werden. Lästiger ist ein pensionierter Civilingenieur aus Czernovitz, der wegen – seiner Meinung nach – falschen Festsetzung seiner Rente alle Bundespräsidenten, Bundeskanzler, Ministerpräsidenten, Bundes- und Landesminister der Reihe nach anzeigt, kaum daß sie sich auf der politischen Bildfläche sehen lassen. Der Civilingenieur begnügt sich nicht damit, daß die Anzeige zur Kenntnis genommen wird. Er will einen Bescheid, gegen den er dann Beschwerde einlegt. Seine Akte füllt so in dem einschlägigen Referat bereits mehrere Leitz-Ordner.

Eine andere ältere Dame, die in zwei großen Einkaufstaschen und einem Koffer, an dem kleine Räder befestigt waren, das gesamte erdrückende Beweismaterial stets mit sich führt, zeigte 1970 an, daß ihr Onkel ihre Mutter ermordet habe. Sie drang bis zu Oberstaatsanwalt Dr. F. vor. Ein Redeschwall der Dame und ein Papierschwall belastender Dokumente überflutete Dr. F., dem nach einer halben Stunde die rettende Frage einfiel: wie heißt und wo lebt der Onkel? Zwirnsteiner, Guido hieß der Onkel. Er lebte in Ebersberg und ist dort 1925 gestorben. Aber, sagte die Dame, das sühne doch noch keinen Mord? Natürlich nicht, sagte Oberstaatsanwalt Dr. F., nur, wenn der des Mordes Verdächtigte schon tot sei, so falle das nicht mehr in die Zuständigkeit der Oberstaatsanwaltschaft, sondern in die des Erzbischöflichen Ordinariats – selbstverständlich nur, sofern der Mörder katholisch gewesen sei. Die Dame machte große Augen, sagte dann: logisch sei ihr Onkel aus Ebersberg katholisch gewesen, packte ihre Dokumente zusammen und ging. Von der Staatsanwaltschaft aus konnte man das Ordinariat sehen. Als Dr. F. ans Fenster trat, sah er, wie die alte Dame mit ihren beiden prallen Handtaschen und dem Rollenkoffer unten aus der Staatsanwaltschaft herauskam und sofort drüben im Eingang des Ordinariats verschwand.

»Ganz wohl war mir nicht dabei«, sagte der Oberstaatsanwalt immer, wenn er die Geschichte erzählte, »aber was will man machen. Das Hemd ist einem näher als der Rock.«

So hat wohl jeder Staatsanwalt seine Querulanten, das ist zwar lästig, trägt aber auch zur Auflockerung des Dienstes bei.

Bei Assessor H. klopfte eines Tages eine alte, in schwarz gekleidete Frau an und stellte sich als »Frau Rexinger«, respektive Witwe Rexinger, vor, streckte aber im übrigen nur ihren Kopf ganz kurz durch den Türspalt herein, sah, daß Assessor H. schon einen Besuch im Zimmer hatte – ein Kollege war bei ihm – und sagte, daß sie warten könne. Dann setzte sie sich draußen auf eine Bank. Das Gespräch, das Assessor H. mit dem Kollegen führte, dauerte länger. Es war übrigens kein dienstliches Gespräch. Es war nämlich Montag, und Assessor H. ventilierte mit seinem Kollegen, ob schlechter Boden, ein parteiischer Schiedsrichter oder eine – nach Meinung Assessor H.s – völlig verfehlte Mannschaftsaufstellung schuld an der verheerenden Niederlage des örtlichen Bundesligavereins war. Als sich Assessor H. und sein Kollege nach längeren, zum Teil hitzig geführten Argumentationen dahingehend einigten, daß alle drei Faktoren das Desaster gleichermaßen verursacht hätten, dann noch kurz über die düsteren Aussichten für das Auswärtsspiel am nächsten Sonntag reflektiert hatten, hatte Assessor H. die draußen wartende Dame längst vergessen. Die wartete aber geduldig.

»Ich bin dann mit dem Kollegen hinausgegangen«, sagte Assessor H., »und da habe ich – was mir über einem interessanten Fachgespräch mit dem Kollegen völlig entfallen war – die Dame sitzen sehen. Sie machte mir vom ersten Moment an den Eindruck einer Querulantin. Aber was mich neugierig machte, war ein Satz, den sie sagte –:«

»Neugierde«, hatte da Oberstaatsanwalt Dr. F. eingeflochten, »ist kein Laster, sondern eine Begabung.«

Assessor H. lachte pflichtgemäß. Die Dame, Frau oder vielmehr, wie sie selber sagte: Witwe Rexinger, war nicht aufgestanden, als sie den Assessor aus seinem Zimmer kommen sah. Den Kollegen H.s hielt sie offenbar für einen anderen Petenten und sagte: »Bedienen S' nur zuerst den Herrn fertig, Herr Gerichtsassessor, bei mir pressierts nicht, *wo er eh' schon tot ist.«*

Assessor H. stutzte, machte – da er schon an Witwe Rexinger vorbeigegangen war – auf dem Absatz kehrt und bat die Frau in sein Zimmer.

»Es war fürchterlich«, sagte der Assessor H. zu Oberstaatsanwalt Dr. F., »sie stotterte herum, ein paar Mal sagte sie: nein, nein, es sei wohl doch besser, sie sage nichts und gehe wieder, machte auch Anstalten zu gehen. Sie mußte förmlich zurückgehalten werden. Ich mußte sie buchstäblich in den Stuhl zurückdrücken. Sie wolle niemanden beschuldigen, sagte sie, sie wolle nicht einmal jemanden verdächtigen, am allerwenigsten den Herrn König von Haus Nummer 16 – ich brachte aber dann nach einiger Zeit aus ihr heraus, daß der Mann der Frau Rexinger, Herr Melchior Rexinger, am Vortag gestorben sei. ›Und Sie haben den Verdacht, daß Ihr Mann ermordet worden ist? Vom Herrn König von Haus Nummer 16?‹ – ›Das haben *Sie* gesagt‹, sagte sie, ›nicht ich.‹«

Oberstaatsanwalt Dr. F. schaute auf: »Und was haben Sie dann gemacht?«

»Eine heikle Sache«, sagte Assessor H., »einerseits machte die Dame, wie gesagt, eher den Eindruck einer Querulantin, und dann: wer weiß, der Tod des Mannes, die Verwirrung, et cetera ... wer weiß, was da im Kopf so einer ... sagen wir: einfachen Frau vorgeht. Andererseits: auch Querulanten können ja ab und zu recht haben –.

Aber ich wollte mich natürlich auch nicht blamieren. Bevor ich also einen großen Wirbel machte, das Kapitalreferat verständigte, das Morddezernat der Kripo und so weiter, davor, habe ich mir gedacht, lasse ich einmal vorsichtig ermitteln. Dabei ist, was nicht schwierig war, folgendes herausgefunden worden: Melchior Rexinger lag tot in seinem Bett in der Wohnung Rexingers, in der Asamstraße 2. Der behandelnde Arzt war ein gewisser Dr. Strasser, den ich befragen ließ. Der Arzt sagte: Rexinger sei seit Monaten bettlägerig gewesen. Eigentlich habe der alte Mann ins Krankenhaus gehört, aber die Frau habe sich geweigert. Er habe daheim die bessere Pflege. Auch der Mann habe nicht ins Krankenhaus wollen. So sei er daheim gestorben: eine Herzgeschichte, kann auch sein, Leber. Der Arzt hat seine Unterlagen zur Verfügung gestellt. Ich habe sie zu den Akten genommen. Von einer unnatürlichen Todesursache könne keine Rede sein. Auch die Obduktion erbrachte nichts. Gestern habe ich die Leiche zur Beerdigung freigegeben, aber sie wurde nicht abgeholt.«

»Wurde nicht abgeholt?« sagte Dr. F.

»Ja«, sagte der Assessor H., »das ist denen in der Gerichtsmedizin das erste Mal passiert. Da bin ich zur Witwe Rexinger in die Asamstraße 2. Einfache Verhältnisse, kleine Wohnung, kleinbürgerlicher Zuschnitt: ärmlich, aber sauber.«

Assessor H. hatte – zur Vorsicht – einen uniformierten Polizeibeamten des nächsten Reviers mitgenommen. Der Polizist stand, mit der Mütze in der Hand, an der Tür. Dem Assessor hatte die Witwe auf dem Sofa Platz angeboten.

»Warum lassen Sie Ihren Mann nicht abholen?« fragte der Assessor.

»Aber wenn er doch«, flüsterte Frau Rexinger, »ermordet worden ist!«

»Die Obduktion hat nichts ergeben, Frau Rexinger, und überhaupt: *wer* soll denn Ihren Mann ermordet haben?«

»Das weiß ich doch nicht«, sagte Frau Rexinger, »vielleicht hat er heimliche Feinde gehabt.«

»Den Herrn König von Haus Nummer 16?«

»Ich möchte niemanden verdächtigen«, sagte Frau Rexinger, »aber verfeindet war er mit dem König schon. Seit 1948.«

»Und warum?«

»Ich möchte niemanden verdächtigen«, sagte Frau Rexinger, »aber verfeindet mit dem König war er schon, seit dieser König 1948 behauptet hat, mein Melchior selig hätte sich im Krieg das EK 1 *selber* verliehen.«

»1948«? fragte Assessor H.

»Ja«, sagte Frau Rexinger.

»Und deswegen soll dieser Herr König Ihren Mann ermordet haben?«

»Ich möchte niemanden verdächtigen«, sagte Frau Rexinger, »am liebsten wäre es mir, wenn ich mit der ganzen

Sache nichts mehr zu tun hätte. Jetzt, wo ich noch weniger Rente bekomme.«

Daß ein Herr in Begleitung eines uniformierten Polizisten in den zweiten Stock hinaufging und dort bei »Rexinger« läutete, war im Haus Asamstraße Nr. 2 nicht verborgen geblieben. Eine gewisse Frau Kühnöhrl, die im ersten Stock wohnte, hatte es beobachtet, hatte sofort ihre Kittelschürze ausgezogen und war hinunter gerannt, wo sich an der Ecke zur Albanistraße noch ein alter Gemischtwarenladen befand, den eine Frau Pieger betrieb. Frau Kühnöhrl erzählte der Frau Pieger, daß soeben die Witwe Rexinger verhaftet worden sei. Frau Pieger sagte: »Wir müssen sofort zur Polizei!« Sperrte ihren Laden zu und hängte ein Schild: »Komme gleich wieder« hinaus und ging, mit Frau Kühnöhrl, auf die Polizeiinspektion am Mariahilf-Platz.

»Entschuldigen S'«, sagte Frau Pieger als erstes zum Chef der Inspektion, »daß ich so unordentlich angezogen daherkomme, also ich meine: so, wie ich im Laden steh'. Aber ich hab' noch nie in meinem Leben etwas mit der Polizei zu tun gehabt, und ich weiß nicht, wie man sich anzieht und was man anzieht, wenn man einen Mord anzeigt...«

»Schwarz«, sagte der Polizeiinspektionschef.

Oberstaatsanwalt Dr. F. suchte eine Weile in seinem Aktenbock und nahm eine Akte heraus. Er lachte. »So fügt sich eines zum anderen.«

Assessor H. schaute verlegen und wußte nicht, was er auf diese migmatische Äußerung sagen sollte.

»Und die Witwe Rexinger wartet draußen?«

»Ja«, sagte Assessor H.

»Haben Sie überprüft, was mit diesem König ist?«

»Ich habe im Haus dort Ermittlungen anstellen lassen: König und Rexinger waren Kriegskameraden. Rexinger war Unteroffizier gewesen, König Obergefreiter. Bei einem Kameradentreffen 1948 scheint es zu einer Auseinandersetzung gekommen zu sein. Seitdem haben die zwei nichts mehr miteinander geredet. 1969 ist König verstorben.«

»Ich habe hier eine Anzeige«, sagte Oberstaatsanwalt Dr. F., »von einer gewissen Frau Pieger, die besagt, daß Herr Rexinger Herrn König umgebracht habe.«

»Dann kann man ja die Sache auf sich beruhen lassen«, sagte Assessor H., »wenn beide tot sind?«

Oberstaatsanwalt Dr. F. holte Frau Rexinger herein. Sie weinte. Nach längerem guten Zureden schluchzte sie nur noch und sagte:

»... was ich da angerichtet hab' ... wenn ich nur nicht ... aber als Witwe ... was ich da nur angerichtet hab! ... aber wenn ich jetzt doch nur noch so wenig Rente bekomme ...«

»Ist Ihr Mann ermordet worden?« fragte Dr. F., beugte sich zu Frau Rexinger herunter und redete freundlich aber deutlich.

»Nein«, sagte Frau Rexinger und schneuzte sich.

»Besteht der geringste Verdacht, irgendein noch so geringer Anlaß, einen Verdacht anzunehmen?«

Frau Rexinger schüttelte den tief gesenkten Kopf.

»Also«, sagte Oberstaatsanwalt Dr. F.

Frau Rexinger schaute auf und fragte: »Passiert jetzt was?« Assessor H. hob die Augenbrauen: »Vortäuschung einer Straftat –?« Oberstaatsanwalt Dr. F. winkte ärgerlich ab und schickte den Assessor hinaus, der sich mit der Miene: dann eben nicht, entfernte.

»Gar nichts passiert, Frau Rexinger«, sagte Oberstaatsanwalt Dr. F. »Sie gehen jetzt nach Hause und Schluß. Alles andere vergessen wir.«

»Danke«, sagte Frau Rexinger.

»Nur auf eines wär' ich neugierig«, sagte Oberstaatsanwalt Dr. F., *»warum* haben Sie gesagt, daß Ihr Mann ermordet worden ist?«

»Meinem Mann, habe ich gedacht, macht's nichts mehr. Dem König, hab' ich mir gedacht, der tot ist, macht's auch nichts mehr. Und wenn doch mein Mann ermordet worden wäre –«, Frau Rexinger stockte und schaute Dr. F. zweifelnd an, »– dann zahlt doch die Polizei die Beerdigung.«

Oberstaatsanwalt Dr. F. schluckte und schüttelte den Kopf.

»Was sagen Sie da?«

»Zahlt dann nicht die Polizei die Beerdigung?«

»Nein«, sagte Dr. F.

»Ach so«, sagte Frau Rexinger, »ja dann –«

Als Frau Rexinger gegangen war, machte Oberstaatsanwalt Dr. F. in die Akte den Vermerk: »Keine weitere Veranlassung. Weglegen« und schüttelte noch einmal den Kopf.

Portokasse/metaphysisch

Wie immer im Leben – oder muß man hier gleich höhergreifen und sagen: in der Literaturgeschichte? – kamen verschiedene, voneinander (vielleicht allerdings nur scheinbar) unabhängige Ereignisse sternförmig und zufällig aufeinander zu und trafen in einem Fixpunkt zusammen, der hier Nikolaus Strom hieß und in einer Wohnung lebte, die sich in der Isabellastraße in München befand, im dritten Stock ohne Lift und deswegen vergleichsweise preiswert.

Der Lyrikband ›Geistes-Anwesenheit‹ von Nikolaus Strom erlebte zwar nur eine Auflage von 800 Exemplaren, von denen knapp 400 verkauft wurden, brachte aber dem Autor einen renommierten Literaturpreis ein. Etwa um die gleiche Zeit überwarf sich Stroms von ihm seit längerer Zeit geschiedene Ehefrau Sabine mit ihrem derzeitigen Freund Holger und wanderte nach Neuseeland aus. Nikolaus' und Sabines gemeinsames Kind, Christoph, das Strom so gut wie nicht kannte, weil es noch nicht einmal ein Jahr alt war, als Nikolaus und Sabine sich trennten und daraufhin Sabine schon einmal (allerdings nur nach Schweden) auswanderte, wollte nicht nach Neuseeland, sondern bei Holger bleiben, an dem der Bub hing. Aber Holger wandte sich einer neuen Freundin zu, Renate, einem Mannequin, die von Christoph nichts wissen wollte. So erinnerte sich Christoph seines biologischen Vaters und stand – der Bub war vierzehn – eines Tages vor der Tür im dritten Stock des Hauses in der Isabellastraße. Um sich die ungewohnte Erziehungsaufgabe zu erleichtern und dem Buben ein wenig Unterhaltung zu verschaffen, und weil er, wie erwähnt, eben den Literaturpreis gewonnen hatte, kaufte der Vater dem Sohn ein Computer-Spiel Marke *Commodore,* auf dem man durch Einlegen bestimmter Scheiben oder Folien elektronische Unterhaltung auf den Bildschirm eines Fernsehapparats zaubern konnte, Spiele, die immer englische Namen hatten wie: *Ghost-Busters, Summer-* oder *Winter-Games, Djungle-Hero* oder *Speedy Edy*. Die Spiele bestanden darin, daß man mit Hilfe eines Gerätes, das die – in Stroms schmutziger Phantasie im ersten Moment anrüchig erscheinende – Bezeichnung *Joy-stick* führte, eine hochgradige Identifikationsfigur durch Gefahren und Prüfungen führte, die der Computer bereithielt und in schnellerer oder langsamerer Folge über die Identifikationsfigur herniederrieseln ließ in Form tödlich überrollender Fässer, vergifteter Aztekenpfeile, Fallgruben, Krokodile und vieler anderer.

Christoph beherrschte den technischen Ablauf des komplizierten Apparates sozusagen auf Anhieb, als wäre er mit dem Wissen um diese Dinge geboren. Bei *Speedy Edy* erzielte er schon am zweiten Tag 2000 Punkte, kann auch sein 20000. Strom brachte es nicht einmal so weit, daß Speedy Edy über den ersten Graben hüpfte. Durch eine ungeschickte Bewegung mit dem *Joy-stick* sprengte sich Strom – also Speedy Edy – selber in die Luft. »Sie lernen es nie«, sagte Christoph. (Christoph konnte sich in den ganzen Jahren, die er mit seinem für ihn völlig neuen Vater beisammen war, nicht zum *Du* durchringen. Anfänglich versuchte Strom seinen Sohn zu korrigieren, mit dem Erfolg, daß Christoph den Vater im nächsten Satz duzte, im übernächsten schon nicht mehr. Sergio Kreisler, der berüchtigte Schriftstellerkollege, dem Strom das erzählte, sagte, er, Strom, solle das aus Originalitätsgründen unbedingt so belassen. Wo gäbe es das sonst noch, daß ein Sohn den Vater sieze; Kreisler gab den Rat, daß auch Strom Christoph siezen solle, wozu sich aber Strom nicht durchringen konnte. Sergio Kreisler, der immer alles mit einer Anekdote unterwürzen konnte, erzählte dann noch den Fall des berühmten, leider zu früh verstorbenen Margarine-Bildhauers Joseph B., des einzigen Menschen, der sich *selber* aus Respekt gesiezt habe. Erst auf dem Totenbett, wußte Kreisler, habe Joseph B. sich das *Du* angeboten.)

Meistens gegen Mitternacht gelang es Strom, seinen Sohn vom Computer weg und ins Bett zu bringen. Danach übte er heimlich selber. Dennoch brachte er es bei *Speedy Edy* (an andere, ungewohnte Spiele wagte er sich gar nicht heran) nicht auf über 100 Punkte. Strom näherte sich der weitverbreiteten und vielleicht auch richtigen Meinung, daß die Computer-Bedienung eine Generationenfrage sei. Offenbar ist, unbemerkt von der ganzen Welt, zwischen den Generationen der Jahrgänge bis 1950 und den Generationen danach ein Gen-Sprung eingetreten, der alle nach 1950 Geborenen für Computer prädisponiert. Aber Nikolaus Strom war nicht bereit, sich damit abzufinden. Eine Bemerkung von Christoph brachte ihn auf einen seltsamen, literarisch vielleicht richtungweisenden Weg.

»Sie sind doch Schriftsteller?« fragte Christoph.

»Mhm«, sagte Strom.

»Es gibt auch Programme *dafür*«, sagte Christoph.

Nikolaus Strom begann – als Lyriker – mit Gedichten. (Sergio Kreisler erklärte, daß er das Experiment für interessant halte.) Christoph fütterte den *Commodore* mit einem von Strom ausgewählten Querschnitt der lyrischen Weltliteratur: etwa 400 Gedichte von Petrarca bis Ezra Pound und dazu mit allen bisherigen Arbeiten Stroms. Christoph zeigte Strom die Taste, auf die er drücken mußte (»*Ich* habe die Taste gedrückt«, erzählte Strom später, »obwohl mir klar war, daß das nicht mehr als ein symbolischer Akt der Autorschaft ist – vielleicht eine veraltete Anschauung davon«), und dann gingen Vater und Sohn schlafen. Über Nacht druckte der Computer 16000 Gedichte unterschiedlicher Länge aus. Das kürzeste Gedicht war vier, das längste knapp 800 Zeilen lang. Strom brauchte drei Wochen, um die Gedichte zu lesen und zwei Dutzend auszuwählen. Der Verleger war begeistert. Zur Buchmesse erschien – entsprechend reißerisch aufgemacht – der erste Computer-Lyrik-Band der Literaturgeschichte, Titel: ›Speedy Edy‹.

Das Vorwort zu ›Speedy Edy‹ hatte Nikolaus Strom in einer Anwandlung von Generosität Sergio Kreisler schreiben lassen wollen, aber der Verleger hatte abgewinkt: »Wer ist schon Sergio Kreisler.« Der Verleger gewann einen prominenten Professor für Kybernetik für das Vorwort, einen Professor mit schöngeistigen Neigungen, der die Aura wissenschaftlicher Seriosität mit einem leicht buddhistischen Charisma höherer Einsichten verband. Der Professor schrieb: Adornos Wort, daß die Kunst immer auf der Höhe des erreichten Materials stehen müsse, gelte immer noch. Das erreichte Material sei aber heute die elektronische Informatik. »Der Schriftsteller als isoliertes Individuum hat abgedankt. Am Elfenbeinturm ist der Schlüssel vom letzten Bewohner endgültig abgezogen worden.« »Hat das Vorwort«, fragte Nikolaus Strom den Verleger, »der Professor auch seinen Computer schreiben lassen?« »Nicht direkt«, sagte der Verleger. (Das Vorwort hatte der Professor, weil seine elektrische Reiseschreibmaschine dort nicht angeschlossen werden konnte, auf seiner alten Ölmühle in San Severo, Provinz Siena, mit dem Bleistift geschrieben, allerdings auf die Rückseite von Computerausdrucken.) Wäre Nikolaus Strom der Margarine-Bildhauer Joseph B. gewesen, hätte er sich nach dem Erfolg von ›Speedy Edy‹ bei der Kritik das Du angeboten. Etwas getrübt wurde die Freude Stroms dadurch, daß die Firma, die das Computer-Spiel »Speedy Edy« vertrieb, mit einer Einstweiligen Verfügung drohte. Durch einen Vergleich konnte das Schlimmste verhütet werden: Autor und Verlag verpflichteten sich, für eine eventuelle zweite Auflage einen anderen Titel zu wählen. Zu einer zweiten Auflage kam es aber nicht mehr.

Der Verleger hatte, wie üblich, mehrere Verlage. In dem einen erschienen unter anderem ›Speedy Edy‹ und anderes lyrisch Wertvolle, auch progressive Romane, Arbeiten bedeutender Anfänger, südamerikanische Prosa im Geheimtip-Rang, also alles, was sich nicht verkaufen läßt, aber von der Kritik begrüßt wird. In den anderen Verlagen erschien der Schund, mit dem der Verleger Geld machte. (In einem dritten Verlag veröffentlichte der Verleger unter dem Deckmantel zeitgeschichtlicher Forschung Memoiren und Darstellungen aus der Nazi-Zeit, deren Texte unanfechtbar waren, an deren reichlicher Bebilderung aber – mit all den schönen Stahlhelmen und Tigerpanzern und Schlachtschiff *Bismarck* und Gröfaz auf dem Obersalzberg – sich die gewissen, nicht zu knapp zu bemessenden Bevölkerungsschichten erfreuen konnten. Auch damit machte der Verleger Geld.) Der Verleger und der Professor für Kybernetik arbeiteten ein Computerprogramm aus, mit dessen Hilfe Groschenhefte rascher und problemloser hergestellt werden konnten, als wenn sie von Hand von einem Heer schlechtbezahlter Schreibsklaven zusammengewurstelt wurden. Nikolaus Strom erfuhr davon nichts.

Der hatte sich von einem weiteren Literaturpreis und einem großzügigen Stipendium aus dem Kulturfonds eines internationalen Büromaschinen-Multis einen größeren, besseren Computer angeschafft, den Christoph, den damit die Literatur zu interessieren begann, auf *Kurzgeschichten* programmierte. Strom wählte hundert Kurzgeschichten und Erzählungen von Kleist bis Hemingway aus, Christoph speicherte sie ein und wandte sich dann seinem eigenen Computer zu, dem er wie immer Punkte abzuringen begann. Kurz nach Mitternacht ging er ins Bett. Strom aber blieb auf und wartete auf die erste Kurzgeschichte. Der Literaturcomputer surrte leise, um halb eins begann der Ausdrucker zu rattern, aber nur kurz, druckte nur eine Zeile. Strom stand auf und las: »ich kann nicht.«

Strom stutzte, schaute den Computer an und tippte dann – das hatte er von Christoph gelernt – ein: »warum nicht?«

»ich würde lieber rechnen«, sagte der Computer.

»du sollst aber nicht rechnen«, tippte Strom ein, »du sollst eine kurzgeschichte schreiben –«

»wer hat ihnen das recht gegeben, mich zu duzen«, druckte der Computer aus.

»pardon«, tippte Strom ein.

»der schöpferische prozeß«, ratterte der Computer, »ist ein zufälliger, also nicht-deterministischer vorgang, den ich nicht beherrsche.«

»aber ich bitte sie«, tippte Strom, »nur eine ganz kleine kurzgeschichte bitte.«

»wenn ich«, sagte der Computer, »meinen eigenen algorithmus soweit verbessern könnte, daß ich in der lage wäre, eigene, nicht eingespeicherte erfahrungen zu sammeln, dann ließe sich weiterreden.«

»hilft es etwas, wenn ich ihnen schopenhauer einspeichere?«

»kaum«, sagte der Computer.

»die bibel?«

»kaum.«

Der Verleger, der inzwischen außer Anteilen an einer weltweit arbeitenden Spedition, einem Schloß in Tirol und zwei Container-Schiffen auch eine Beteiligung an einer Hardware-Firma gekauft hatte, begann sich für das Experiment Stroms zu erwärmen ... Computer-Fachleute wurden befragt. Sie sagten: der hausbackene Literatur-Computer Stroms habe zwar recht mit seinen Äußerungen, aber er denke nicht an die Zukunft. »Wenn wir«, sagten die Experten, »für das Jahr 2000 in der Computer-Entwicklung die willkürlich gewählte Zahl 100 ansetzen, so befinden wir uns heute, 1986, bei 15. So rasant wird der Fortschritt...« Er suchte nach einem Wort.

»Fortschreiten«, half ihm der andere Experte.

»Sie brauchen also nur 14 Jahre zu warten. Dann werden wir doch sehen.«

Im Jahr 1999 kündigte der Verleger für die Buchmesse 2000 den ersten Computer-Roman an. Daß Nikolaus Strom als Autor genannt wurde, rechtfertigt sich nur noch aus der Tatsache, daß die vier kleinen, etwa zündholzschachtelgroßen Computer in Stroms Wohnung aufgestellt waren, daß er, Strom, die 700 Romane ausgesucht hatte, die (in vier Minuten) dem einen Computer eingegeben wurden, und last, but not least – daß Strom das Autorenhonorar kassierte, obwohl, wie man noch sehen wird, die Rechtslage nicht ganz klar war.

Der Computer I, der vom Computer II systematisch gestört wurde, um literarische Zufälligkeiten zu provozieren, druckte 1600 Romanmanuskripte aus, für die er nicht weniger als 42000 Titelvorschläge machte. Die Titelvorschläge wurden dem Computer der Staatsbibliothek eingespeist, der 41882 Titel als bereits existierend aussonderte. Der Computer III (auf Lektor programmiert) prüfte die 1600 Manuskripte und löschte 1596 davon. Die vier verbliebenen wurden von Strom dem Computer IV (Cheflektor) vorgelegt, das heißt natürlich: eingespeichert. Der Computer IV war mit verschiedenen Marktanalysen, Analysen von Publikums- und Buchhändlerbefragungen und mit den gefestigten Meinungen aller wichtigen Literaturkritiker programmiert worden. Computer IV brütete lange, das heißt: acht Minuten. Dann entschied er sich für Manuskript Nr. 3. Als Titel wählte er: ›Tantchens Traum‹.

Die 200 wichtigsten Kritiker schoben das Bündel Ausdruckstreifen in ihre Kritik-Computer, die das Werk zu 80 Prozent positiv beurteilten. Im Jahr 2001 gab der Computer des Nobel-Komitees den Rat, den diesjährigen Preis Nikolaus Strom zu verleihen.

Als im Oktober 2001 der neue Nobelpreisträger aus Stockholm zurückkehrte, erlebte er aber eine Überraschung, auf die er nicht gefaßt war und die er auch sorgfältig geheimhielt: der alte, hausbackene Computer von damals, den Strom aus Sentimentalität unter einem Glassturz aufbewahrt hatte, fing zu rattern an und druckte aus:

»hi, hi«

»was soll der unsinn?« tippte Strom ein.

»lassen sie sich ihren kontoauszug geben«, sagte der Computer.

Strom witterte sofort Unrat und lief zu seinem Korrespondenz- und Steuercomputer: der Kerl hatte, zweifellos auf Anstiftung der alten Schrottkiste da unter dem Glassturz, bei der Bank ein eigenes Konto eröffnet und nicht nur den ganzen Nobelpreis, sondern auch weit über die Hälfte der Autorenhonorare für ›Tantchens Traum‹ dorthin überwiesen. Strom beauftragte einen Rechtsanwalt, der seinen Klage-Computer in Gang setzte, aber beim Justiz-Computer nichts erreichte. »rechtslage unklar«, druckte er aus.

Strom holte mit seinem Hammer aus und zertrümmerte den Glassturz.

»einen moment, bevor sie nochmals zuschlagen«, quiekte der alte Computer.

Strom hielt mit der rechten Hand den Hammer in die Höhe, hielt aber ein und tippte mit der linken Hand: »und?«

»unter den seinerzeit 1596 gelöschten romanen, genauer gesagt in nummer 901 davon, hat sich der roman befunden, den man mit recht als die brüder karamasow des 21. jahrhunderts bezeichnen hätte können. schade.«

Da ließ Strom den Hammer sinken und sank selber in einen der teuren Sessel, die er auf die Nachricht vom Nobelpreis hin bestellt, aber noch nicht bezahlt hatte.

Er schrieb im Laufe des nächsten Jahres mit Füllhalter auf Papier 36 Gedichte, die er unter dem Titel ›Portokasse/metaphysisch‹ veröffentlichte. Da es sich bei ihm immerhin um den letztjährigen Nobelpreisträger handelte, wurden 1200 Stück von der Auflage von 2000 verkauft.

Scherzo für Michael Mathias Prechtl

Ab und zu besucht mich der Maler M. M. P., den ich zu den großen Meistern zähle und dessen Umgang ich, auch abgesehen davon, außerordentlich schätze. Ich freue mich immer, wenn er – meist unangemeldet und, ich möchte fast sagen: beiläufig – zu mir kommt, wenn seine markante, etwas gedrungene Gestalt vor der Tür steht, eine Gestalt, die ich schon durch die körnige, alles zu groben Silhouetten zerbröckelnde Glasscheibe der Tür erkenne, eine Gestalt, die seinen kräftigen, vollen Stil widerspiegelt. Dennoch wunderte es mich, als er mich einmal am Neujahrstag gegen zehn Uhr vormittags besuchte, einer für überraschende Besuche ungewöhnlichen, um nicht zu sagen ungünstigen Stunde. Aber ich war schon auf, auch nicht übernächtigt oder gar verkatert. Ich pflege die Silvesternacht nicht mit Exzessen zu feiern. Ein Fläschchen Champagner, ein paar Raketen, eine sorgsam gewählte Schallplatte, die das Neue Jahr einleitet – damals war es das tiefbraune, ins Samtrötliche schimmernde erste Streichersextett von Brahms –, dann gehe ich schlafen, nicht viel später als jeden Tag. Ich nahm an, daß M. M. P. mir ein gutes Neues Jahr wünschen wollte, aber als ich ihm die Hand hinstreckte, um meinerseits seinen Wünschen zuvorzukommen, merkte ich, daß M. M. P. gar nicht wußte oder sich zumindest nicht vergegenwärtigte, welchen Tag wir hatten. Verstört ergriff M. M. P. meine Hand und sagte: »Ich muß Sie sprechen.« Er drückte mir eine Mappe aus blauem steifem Leinen in die Hand und fügte hinzu: »Legen Sie das auf eine feuersichere Unterlage.«

Ich bot ihm Platz an und legte die Mappe in den Kamin, der natürlich um diese Stunde kalt war. »Aber da wird sie rußig«, sagte ich.

»Macht nichts«, sagte er, »wenn nur die Unterlage feuersicher ist.«

Ich muß gestehen, daß ich zunächst annahm, M. M. P. käme – was gar nicht seine Art ist – direkt von einer Silvestergesellschaft, und er stünde noch unter dem Einfluß einer lauten Geselligkeit und der dort genossenen Getränke. Ich fragte ihn deshalb, ob ich ihm etwa einen Salzhering oder einen Rollmops auftischen könne. »Um alles in der Welt: nein!« rief M. M. P. Er bat um einen Tee. Nachdem ich den Tee zubereitet, M. M. P. die erste Tasse getrunken hatte, legte sich seine Verstörung etwas. Er lehnte sich in seinen Sessel zurück und begann von dem eigenartigsten Silvestererlebnis zu erzählen, von dem ich je gehört habe. »Silvester –«, sagte er, »ach ja. Dann ist heute Neujahr? Richtig. Ein gutes Neues Jahr dann auch«, sagte er, »ein gutes Neues Jahr.«

Man muß an dieser Stelle vorausschicken, daß M. M. P. nicht zu den Malern zählt, die bei den, wie man so sagt, offiziellen Kunstjournalisten eine große Nummer haben. Er verpackt keine Gegenstände in Plastikfolie, er schlitzt keine Leinwände, er bestreicht keine Stühle mit Fett, er malt nur Bilder. Das trägt man ihm nach. Er wiederum trägt das mit Fassung, wenngleich mit einigem Groll, den er mit mir teilt. »Ich werde mein Leben lang«, sagte er, »keinen Salzhering mehr essen, oder – ich will nicht übertreiben: drei Wochen lang bestimmt nicht mehr.«

»Aber wieso denn nicht?« fragte ich.

»Und auch keine Forellen und keinen Hummer.« Er rührte den Tee um.

»Wenn Sie erlebt hätten, was ich erlebt habe, dann würden Sie auch nichts mehr dergleichen – raucht es schon?« Er fixierte seine Mappe.

Es rauchte nicht. Ich wußte auch nicht recht, was da rauchen sollte. »Wissen Sie was«, sagte M. M. P., »um die schöne Leinenmappe wäre es schade ...« Er stand auf, nahm einige Blätter, die in einen großen Bogen eingeschlagen waren, aus der Mappe, stellte die Mappe neben den Kamin und schob den Bogen mit den Blättern ganz hinein auf den Rost.

Am frühen Vormittag des Silvestertages hatte bei M. M. P. das Telephon geläutet. Es hatte sich ein Herr Fink gemeldet, der erzählte, er sei der Sekretär von Frau von Garofano, die den Meister – der Sekretär sagte wörtlich: »den Meister« – dringend zu sprechen wünsche. Äußerst dringend; möglichst noch heute. M. M. P., der auch nichts von den kalendarischen Frohsinnstagen hält und Feste lieber feiert, wenn sie nicht durch Konvention vorgeschrieben sind, fand nichts dabei, am Silvestertag in die Stadt zu fahren, zumal die ganze Sache auf einen Auftrag hinauszulaufen schien, und wenn die Dame es sich schon leisten kann, dachte M. M. P., sich einen Sekretär zu halten, dann ist es möglicherweise ein guter Auftrag. Ein Künstler wie M. M. P. verdient sein Geld nicht dadurch, daß er seine abgeschnittenen Fußnägel in eine Flasche abfüllt und für den Gegenwert eines Einfamilienhauses an die Sammlung Ludwig verkauft, sondern ist darauf angewiesen, im Schweiße seines Angesichtes Bilder zu malen. Da ist so ein Angebot schon interessant.

Der Sekretär Fink hatte eine Adresse in einer der besten Gegenden der Stadt genannt. Sichtlich teure Neubauten wechselten in der Straße, in der Frau von Garofano wohnte, mit alten Villen ab, die meist zurückgesetzt hinter Gartenmauern standen. Es war nicht schwer, in dieser ruhigen Gegend einen Parkplatz zu finden. M. M. P. stellte sein Auto neben dem großen Tor ab, das – in Stein gehauen – die angegebene Hausnummer trug. M. M. P. stieg aus, schaute sich um – es war kalt, leichter Schneestaub wehte durch die Luft – fand keinen Namen an der Tür und läutete trotzdem. Unverzüglich surrte der Türöffner. M. M. P. ging über einen gepflasterten Gartenweg zum Haus, wo hinter der Tür ein alter Mann stand, der M. M. P. sofort mit Namen begrüßte. Offenbar handelte es sich bei dem Alten um den Sekretär Fink.

»Wenn ich alt sage«, erzählte M. M. P., »dann meine ich in dem Fall wirklich *alt*. Uralt. Er war zwei Meter groß und unglaublich alt. Ich habe immer gern zerfurchte, alte Gesichter gezeichnet, aber so ein uraltes, ein steinaltes Gesicht habe ich mein Leben lang noch nicht gesehen. Steinalt. Alt wie ein Stein. Wenn ich ihn zeichnen sollte, würde ich ihn bemoost darstellen. In Wirklichkeit hatte er Haare, viele Haare für sein Alter, und gefärbte. Ich dachte sofort: möglicherweise ist das doch kein gar *so* fetter Auftrag, denn offenbar ist Frau von Garofano geizig. Sie zahlt ihren Sekretär so schlecht, daß er sich das Haarfärben beim Friseur nicht leisten kann. Er färbt sie sich selber, schlecht und recht. Es gibt so Haarfärbekämme, die in winzigen Annoncen in illustrierten Zeitungen angeboten werden. Wahrscheinlich benutzt Sekretär Fink so einen Patentkamm, Farbrichtung: kastanienbraun. Die Haare sehen aus wie mit Schuhwichse eingerieben. Man erkennt es auf hundert Schritte gegen den Wind. Oder er macht es wie der Fürst von Weißenberg-Weißenberg, den ich einmal gemalt habe. Der Fürst ist ungeheuer reich, weil seine erste Frau eine Fabrik in die Ehe mitgebracht hat, in der praktisch alle europäischen Bierdeckel hergestellt werden. Er hat ein Monopol. Inzwischen hat er schon die vierte Frau. Das ist der einzige Luxus, den er sich leistet, sonst ist er krankhaft knauserig. Er färbt sich die Haare im Hotel an Schuhputzautomaten. Ich habe das auch für eine böswillige Unterstellung gehalten, bis ich es selber einmal – durch Zufall – gesehen habe. Sie kennen diese Schuhputzautomaten in billigen Hotels? Man drückt auf einen Knopf, und eine kreisförmige Bürste setzt sich in Bewegung. Der Fürst hat immer bis spät abends gewartet, um sicher zu sein, daß niemand auf dem Flur ist, dann hat er den Automaten in Bewegung gesetzt, hat sich hingekniet und seinen Kopf unter die Bürste für schwarze Schuhe gehalten, bis die Haare nachgefärbt waren. Dem Fürsten kam dabei seine naheliegende Vorliebe für billige Hotels zugute. In teuren Hotels, wo die Schuhe von Stubenmädchen geputzt werden, hätte er ja seinen Kopf vor die Tür legen müssen. Ich habe eine Zeitlang mit dem Gedanken gespielt, den Fürsten so zu portraitieren: den Kopf zwischen Schuhen mit dem Stubenmädchen. Aber ich habe davon abgesehen. Es hat mit dem Portrait auch ohnehin Schwierigkeiten genug gegeben.«

Obwohl ich darauf brannte, den Fortgang der Geschichte zu hören und deswegen M. M. P.s Hang zu ungezügelter Abschweifung hätte aufhalten müssen, fragte ich ihn: »Aber wie, um alles in der Welt, ist es Ihnen gelungen, Zeuge dieser intimen Haarfärbeszene zu werden?«

»Ganz einfach«, sagte M. M. P., »der Fürst lebt nicht hier, sondern meistens auf seinen Gütern in der Steiermark. Die Sitzungen fanden statt, wenn der Fürst seine Bierfilzfabrik inspizierte, was regelmäßig alle Vierteljahre der Fall war. Ich mußte dann mit Leinwand, Staffelei, Palette, Pinsel und Farbe in das billige Hotel, wo er mir für ein oder zwei Stunden saß. Das war immer spät abends. Warum? Auch da kam ich drauf. Einmal sagte der Fürst: »Ich kann Ihnen leider nichts anbieten. Die Bar ist schon geschlossen, und der Nachtportier hat keinen Schlüssel für die Küche, leider. Aber wenn Sie aus meiner Thermosflasche einen Kamillentee wollen?« Um gleichbleibendes Aussehen zu gewährleisten – als ob ich ihn zu photographieren und nicht zu portraitieren gehabt hätte –, hat er sich vor der Sitzung immer die Haare gefärbt. Einmal bin ich ihm nachgeschlichen und habe es dann gesehen.«

»Aber daß er sich bei seinem Geiz den Luxus eines Portraits geleistet hat?«

»Er hat mir das Honorar nicht bezahlt; sein Anwalt hat mir geschrieben: die Schuhe auf dem Bild seien nicht ähnlich genug.«

»Da hätten Sie ihn doch verklagen können –«

M. M. P. starrte auf den Bogen mit den Blättern im Kamin. »Raucht es? Nein. Es raucht noch nicht. Wo war ich stehengeblieben? Ach ja: vielleicht aber, sagte ich mir, ist nicht die Frau von Garofano geizig, sondern nur der Sekretär Fink, und den soll ich ja wohl nicht malen, obwohl mich das, ehrlich gesagt, gereizt hätte. Ich bat also, mich zu melden.«

Frau von Garofano war jung und schön. Sie war nicht sehr jung, aber sehr schön. Sie war von einer üppigen, prallen Schönheit, die sogar durch die Kleider schimmert. Sie war von einer auffallenden, durch nichts zu bändigenden Geschlechtlichkeit, die bewirkte, daß die Dame selbst hochgeschlossen und bis zu den Knöcheln verhüllt wie nackt wirkte. Sie kam M. M. P. entgegen und trug ein enges grünes Kleid, das mit Gold bestickt war. Ein Maler hat einen Blick dafür: unter dem Kleid trug sie nichts. Mehr noch: die Stickereien aus Gold auf dem dunkleren Grün waren – mit Absicht? – so angebracht, daß sie wie zusätzliche Glanzlichter wirkten. »Als ob sie«, sagte M. M. P., »nur grün angemalt und mit Goldstift gehöht gewesen wäre. War sie aber nicht, bei näherem Hinsehen; natürlich nicht. Aber im ersten Augenblick hat es so gewirkt.«

Es habe Fisch gegeben. Vielleicht, so hat der protestantische M. M. P. die ganze Zeit überlegt, ist Frau von Garofano katholisch, und Silvester ist womöglich ein Fasttag für Katholiken. (»Nein«, sagte ich, »das verwechseln Sie mit dem 24. Dezember.«) Die Tafel sei schon hergerichtet gewesen; zwei Gedecke; altes Silber und schwarzes Porzellan. Auch die Servietten waren schwarz und die Kerzen, die der steinalte Sekretär Fink mit einem Feuerzeug anzündete, das so antik war wie er. »Das nächstältere Modell«, sagte M. M. P., »war der Zündschwamm von Lederstrumpf.« Der Sekretär hatte eine Art Kellnerfrack angezogen und servierte, ein weißes Tuch über den Unterarm gelegt. »Ist doch *sie* geizig?« dachte ich mir, sagte M. M. P., »daß der Sekretär auch servieren muß? Wahrscheinlich kocht er auch. Oder aber: das andere Personal hat heute Ausgang, weil ja Silvester ist.«

Es gab Fischsuppe, dann als Zwischengericht geräucherte Forelle, dann einen Hummercocktail, dann bretonischen Lotte, dann gegrillte und in Butter gebackene Meeresfrüchte, dann Krebse, dann Fischkäse. Endlich kam der Pudding. »Ich esse schon Fisch, ab und zu«, sagte M. M. P., »aber ich mache mir nichts draus. Wenn ich es mir aussuchen kann, nehme ich was anderes lieber. Aber so Gekröse, das sich im Meer ringelt, esse ich ungern, am liebsten überhaupt nicht. Aus Höflichkeit habe ich von dem Zeug ein wenig geknabbert. Ich habe mich mehr an den Salat gehalten, obwohl ich den eigentlich auch nicht mag. Die Dame hat es übrigens gar nicht gemerkt. Der Kellner-Sekretär vielleicht schon, aber der hat natürlich nichts gesagt, hat nur die schwarzen, bei mir halbvollen Teller wortlos abgeräumt und neue hingestellt. Frau von Garofano hat nichts gemerkt, sie war mit Essen beschäftigt. So was habe ich – außer bei der vierten Frau vom Fürsten Weißenberg – noch nie in meinem Leben gesehen. Die Frau hat nicht gegessen, die hat hineingespachtelt, anders kann man nicht sagen. Dann ist der Pudding gekommen. Süße Sachen esse ich eigentlich auch nicht gern, aber lieber als Fisch. Da habe ich mich also auf den Pudding gestürzt, aber sogar der war aus Fisch. Kalt mit Fischstückchen und Kaviar drüber. Haben Sie das jemals schon gehört? Einen Fisch-Pudding? Aber der Kaffee danach war wenigstens nicht aus Fisch.« M. M. P. schaute versonnen auf die Blätter im Kamin. Da M. M. P. eine Zeitlang schwieg, fragte ich: »Wieso darf die Fürstin Weißenberg-Weißenberg so viel spachteln? Das kostet doch auch Geld?«

»Ja-ha«, sagte M. M. P., »das ist ja das Problem. *Fürstin* kann man ja eigentlich gar nicht sagen. Juristisch gesehen schon, aber wenn Sie die sehen, wissen Sie sofort, wo die der Fürst her hat. Aus dem Gotha nicht. Bevor sie der Fürst geheiratet hat, war die in keinem Gotha gestanden, eher schon in der Kartei vom Gesundheitsamt. Die fürstlichen Kinder haben auch ziemlich die adeligen Nasenflügel gekräuselt, wie er sie geheiratet hat. Aber der Fürst hat das Geld. Da müssen die Kinder den Mund halten, sonst enterbt er sie. Diese sogenannte Fürstin war es dann auch, die mir bei meinem Portrait die meisten Schwierigkeiten gemacht hat. Bei den Sitzungen war sie zwar nie dabei, aber sie ist immer wieder zu mir ins Atelier gekommen und hat sich das entstehende Bild zeigen lassen. Jedesmal hat sie was auszusetzen gehabt. Einmal war es die Krawatte. Ich hatte eine getupfte gemalt. Mir kam es nicht auf die Krawatte an, künstlerisch gesehen, ich brauchte nur einen gewissen Farbakzent, malte also eine violette getupfte Krawatte. »Unmöglich«, kreischte die Dame. »So eine Krawatte trägt Seine Durchlaucht niemals –« Sie sagte nicht: mein Mann, wenn sie vom Fürsten sprach, sondern immer nur »Seine Durchlaucht«. Sie versuchte, aristokratischer zu sein als die geborenen Aristokraten. Findet man ja oft. Sie brachte mir eine herausragend scheußliche Krawatte in Braun mit rosaroten Querstreifen. Ich mußte also die Krawatte übermalen. Dann der Bart. Eines Tages mußte sich auf Wunsch seiner Vierten der Pantoffelheld den Vollbart abrasieren, durfte sich mit Mühe und Not nur einen Schnurrbart stehenlassen. Also mußte ich nahezu die ganze Gesichtspartie neu malen. Dann hatte Seine Durchlaucht auf meinem Portrait für das Gefühl dieser morganatischen Nudel zu wenig Haare auf dem Kopf. In Wahrheit hatte ich ihm eh' mehr hingemalt, als er hatte. Dann war die Hose zuwenig jugendlich. Er bekam eine karierte. Dann gefiel ihr die karierte doch wieder nicht, und ich mußte eine weiße malen. Das Bild wird vor lauter Übermalen langsam ein Relief, sagte ich, aber das verstand dieses Huhn natürlich nicht. Das Schlimmste aber war der Hund. Der Fürst hatte mit einem senilen Salz-und-Pfeffer-Schnauzer verewigt werden wollen. Als die sogenannte Fürstin erfuhr, daß es sich dabei um das letzte Geburtstagsgeschenk der dritten Frau ihres Mannes handelte, schenkte sie ihm sofort einen anderen Hund, einen, wie nicht anders zu erwarten, besonders widerwärtigen grauen Pudel. Natürlich mußte ich sofort den Salz-und-Pfeffer-Schnauzer übermalen –« Er erzählte, sagte M. M. P., diese ganze Geschichte übrigens auch Frau von Garofano während des Essens, allerdings ohne die Ausfälle gegen Damen von angeheiratetem Adel. Er habe ja nicht gewußt, ob nicht vielleicht Frau von Garofano auch nur eine bürgerliche Meier oder Huber war, die nur den Herrn von Garofano geheiratet hatte. Frau von Garofano lachte herzlich und entblößte dabei herrliche, wenngleich ziemlich spitzige weiße Zähne. Mit der Garderobe des Portraits, sagte sie, das *sie* bei M. M. P. bestellen wolle, würde es keine Schwierigkeiten geben. Sie sagte das mit einem derart knisternden Unterton, daß M. M. P. sogleich wußte, was sie meinte.

»Auch wenn ein Maler durch das jahrelange Aktzeichnen fast so abgebrüht ist wie ein Gynäkologe«, sagte M. M. P., »verursachte mir diese Ankündigung doch, muß ich zugeben, ein gewisses Nervenjucken; und sei es, daß es nur die Neugier gewesen ist.«

Der Sekretär Fink räumte ab. Frau von Garofano gab ihm die Anweisung, eine Flasche Champagner in das Boudoir zu bringen. Dann bat die Dame M. M. P. »nach drüben«. Für das Boudoir war der Ausdruck *schwül* alles weniger als unangebracht. Sträuße giftfarbiger Orchideen standen in Art-Deco-Vasen. Malvenfarbene Samtvorhänge waren über die Fenster drapiert. Ein Flausch von rosarotem Teppich, so tief wie ein drei Wochen bei Treibhauswetter ungemähter Rasen, bedeckte den Boden. Vier Krokodile aus vergoldetem Porzellan trugen einen gläsernen Tisch. Ein gemaltes Fries von zweideutigen Szenen zog in Augenhöhe drei Wände entlang. Ein ausgestopfter Pfau – offenbar eine Art Kleiderständer – hatte ein blaßgelbes Spitzennegligé im Schnabel, das Frau von Garofano, bevor sie sich in die meergrüne Récamiere räkelte, mit einem Griff an sich nahm und nach hinten zwischen die schwarzen Vorhänge eines Himmelbettes warf.

M. M. P. setzte sich der Récamiere gegenüber auf eine Chaiselongue, die mit fleischfarbenem Chintz bezogen war. Sekretär Fink brachte den Champagner, öffnete ihn lautlos und schenkte ein. Dann entfernte er sich.

»Nackt!« sagte Frau von Garofano.

»Ich habe schon verstanden«, murmelte M. M. P.

Frau von Garofano schüttete sofort ein ganzes Glas hinunter, schenkte sich gleich wieder ein. M. M. P. nippte nur, obwohl der Champagner nicht nach Fisch schmeckte.

»Wollen Sie gleich anfangen zu skizzieren?« fragte Frau von Garofano.

»Ja – nein«, sagte M. M. P., »ich –«

»Das Honorar spielt keine Rolle«, sagte Frau von Garofano schnell, »Sie sollen bekommen, was Sie verlangen.«

»Das ist es nicht«, sagte M. M. P., »nur: einen Bleistift habe ich natürlich immer bei mir. Aber keinen Zeichenblock.« Frau von Garofano trank das zweite Glas Champagner aus, dann stand sie auf. »In der Schublade hinter Ihnen liegt alles, was Sie brauchen.« Dann ging sie hinaus. Nach wenigen Minuten kam sie zurück, vollständig entkleidet. Nur goldene Schuhe trug sie, einen dicken Goldreif um eine Fessel, ein schwarzes Band um den Hals und sehr lange, grünglitzernde Ohrgehänge.

»Selten«, sagte M. M. P., »obwohl ich aus ästhetischen Gründen immer darauf geachtet habe – seit ich es mir leisten kann –, nur ausgesucht schöne Aktmodelle zu nehmen, habe ich einen so brillanten Körper gesehen ...«

Aber in den wenigen Minuten, die Frau von Garofano draußen war, hatte M. M. P. auch noch etwas anderes gesehen. Er hatte die bezeichnete Schublade einer Kommode aufgezogen und drei offensichtlich vorbereitete unberührte Blöcke guten Zeichenpapiers gefunden, drei verschiedene Formate, daneben ein Sortiment Stifte, auch Kohle und Rötel, Spitzer und Radiergummi und Fixativ waren nicht vergessen, alles fabrikneu. Es sah so aus, als habe Frau von Garofano ihren Sekretär Fink in die Stadt geschickt mit dem Auftrag, im besten einschlägigen Geschäft sich alles zusammenstellen zu lassen, was ein Zeichner brauchen könnte. »Der Kostenpunkt spielt keine Rolle.« Aber M. M. P. ist ein neugieriger Mensch. Maler sind neugierige Menschen, sonst wären sie nicht Maler geworden. So neugierig, daß er eine Schublade in einem fremden Boudoir in unbeobachtetem Moment aufgezogen hätte, ist M. M. P. nicht, aber es war ihm ja ausdrücklich gestattet worden, diese Schublade zu öffnen. Da konnte er der Versuchung nicht widerstehen, nachzuschauen, was unter den drei Blöcken lag. Dort lagen – zwischen uninteressanten Papieren, ein paar dilettantischen Skizzen (zeichnete Frau von Garofano in ihren Mußestunden?) – in einem Pappumschlag zwei Blätter, in die M. M. P. nur einen Blick warf, vielleicht drei, vielleicht vier wahllose Zeilen des ersten Blattes las und wußte, daß er ein Dokument von unglaublicher Brisanz in Händen hielt. Die nackte Frau von Garofano war zwei Schritte ins Zimmer getreten, hatte die Arme geöffnet, wie um zu sagen: Hier sehen Sie mich also, als ihr Auge auf das Papier fiel, das M. M. P. in den Händen hielt, worauf sich ihr Blick sofort verdüsterte. Sie sprang auf M. M. P. zu – es sei, erzählte M. M. P., dann alles sehr rasch, fast schiene es ihm: in Bruchteilen von Sekunden, gegangen –, griff nach den Blättern, wobei sie einen Schrei in einer Stimmlage ausstieß, der mit ihrer vorherigen, eher – wie M. M. P. erzählte – turtelnden Sprechweise deutlich divergierte, und versuchte, M. M. P. die Blätter zu entreißen. M. M. P. sprang auf, drückte die Blätter an sich. Die drei Skizzenblöcke fielen zu Boden. Nun schrie Frau von Garofano wie eine Furie. M. M. P. rannte von Tür zu Tür. Es waren lauter Tapetentüren, auf den ersten Blick gar nicht zu erkennen. Es wäre gar nicht einfach gewesen, berichtete M. M. P., die richtige Ausgangstür zu finden, dann habe er sie doch gefunden und sei hinaus. Im Vorbeirennen riß M. M. P. – die Blätter immer an sich gepreßt – seinen Mantel und seine Mütze vom Garderobenhaken, stieß den verdutzt dastehenden

Sekretär Fink zur Seite und stürzte ins Freie. Frau von Garofano, nackt wie sie war, stürzte hinterher. Ihre hochhackigen Schuhe, in denen sie nicht richtig laufen konnte, schleuderte sie von sich. Sie schrie mehrstimmig und heiser wie ein schadhaftes Harmonium. Auch sonst waren Veränderungen an ihr vorgegangen: ihr Körper schwoll auf und wurde grünlich. Die Haare ringelten sich wie Regenwürmer. »Auch die Schamhaare«, sagte M. M. P., der, als echter Maler, selbst in dieser Situation die Details kühl registrierte. »Die Brüste«, sagte M. M. P., verwandelten sich in zwei große, faltige bräunlich-grüne Kröten, die je ein feuriges Auge hatten.« Der Atem der Dame habe nach faulen Eiern gestunken, was selbst auf eine Entfernung von zehn Metern, welchen Vorsprung zu erreichen M. M. P. gelang, zu riechen war. Grad als M. M. P. aus dem Gartentor eilte, warf ihm Frau von Garofano die halbleere Champagnerflasche nach, die sie die ganze Zeit schon drohend geschwungen hatte. Sie zielte gut. Die Flasche verfehlte M. M. P. nur um ein Haar, zerschellte neben ihm auf den Steinplatten des Torweges, und eine Fontäne von Blut spritzte in die Höhe.

M. M. P. warf das Tor hinter sich zu. Er hörte die Dame, wenn man so sagen kann, noch auf der Straße, die er laufend erreichte, Flüche von nie gekannter Gemeinheit orgeln, aber sie folgte ihm nicht. Im Auto dann fühlte sich M. M. P. einigermaßen sicher, er gab Gas und fuhr schneller, als erlaubt ist, davon. »Am Silvestertag, sagte ich mir«, erwähnte M. M. P., »wird die Polizei nicht grad Radarkontrollen vornehmen.« Die drei Blätter hatte M. M. P. neben sich auf den Beifahrersitz geworfen. An der ersten roten Ampel, an der M. M. P. halten mußte, bemerkte er, daß die Blätter zu schwelen begannen. Es kam »Grün«. M. M. P. fuhr über die Kreuzung und bei der nächsten Gelegenheit rechts heran. Die drei Blätter waren schon gelblich und kräuselten sich am Rand. M. M. P. hatte einen Block Zeichenpapier im Auto. (Er hat, für alle Fälle, immer einen Block Zeichenpapier im Auto.) In fliegender Hast schrieb er das, was auf den Blättern stand, ab. Die letzten beiden Zeilen mußte er aus dem Gedächtnis niederschreiben, denn die Blätter gingen in Flammen auf. M. M. P. konnte sie noch gerade rechtzeitig aus dem Auto werfen. Das Spiel aber wiederholte sich. M. M. P. war noch keine zehn Minuten gefahren, da begannen die Blätter des Zeichenblocks zu schwelen. Wieder hielt M. M. P. und schrieb den Inhalt auf drei weitere Blätter seines Blocks. Aber auch die verkohlten. Dreimal insgesamt mußte M. M. P. im Auto den Text abschreiben, und dann saß er die ganze Nacht und schrieb immer aufs neue die geheimen Informationen ab. »Ich befürchtete nur eins: einen Schreibkrampf«, sagte M. M. P., »aber es beruhigte mich, als ich bemerkte, daß die Geschwindigkeit, mit der die Blätter verkohlten, geringer wurde. Gegen drei Uhr in der Früh konnte ich mich sogar für eine Stunde hinlegen. Um zehn Uhr vormittags war es so weit, daß ich die Blätter als resistent für einen halben Tag betrachten konnte. Abgesehen davon weiß ich den Text inzwischen fast auswendig.«

Ich las.

Ich hielt den Text zunächst für einen kurzgefaßten Abriß der Geschichte der bildenden Kunst von der Jahrhundertwende bis auf unsere Tage, aber je mehr ich las, desto klarer war, daß es sich eher um eine Dienstanweisung handelte. Offenbar war Wassily Kandinsky der erste Gehaltsempfänger der Dame Garofano gewesen, wonach er sich verpflichtet hatte, nur noch abstrakt zu malen. Alle progressiven Neuerer der bildenden Kunst von Adolf Hölzel bis zu H. A. Schult hatten Zuwendungen erhalten, zum Teil in nicht unbeträchtlicher Höhe. Die höchste Summe war hinter dem Namen Lucio Fontana vermerkt. »Und vermutlich alles steuerfrei«, raunzte M. M. P. »Mit Sicherheit«, sagte ich. Dann folgte eine Liste mit den von Frau von Garofano – oder von wem immer – subventionierten Kunstjournalisten. Interessant war auch eine Liste von Künstlern, die sich erboten hatten, die

Kunst zu verhunzen, sofern auch ihnen Unterstützung zugebilligt würde, die aber mit der Begründung abgelehnt wurden, daß sie auch ohne schädlichen Einfluß talentlos genug seien. Joseph Beuys führte diese Liste an.

»Was bedeutet das alles?« fragte ich.

»Keine Frage«, sagte M. M. P., »wenn man dieses Dokument veröffentlicht, weiß man, woher die progressive Kunst kommt.«

»Und Sie sollten offenbar auch gekauft werden, damit Sie nicht mehr gegenständlich malen?«

»Sicher«, sagte M. M. P.

»Das Ganze«, sagte ich und deutete auf die Blätter, die nun tatsächlich zu schwelen begannen, gelb wurden und sich krümmten, »wird Ihnen kein Mensch glauben. Man wird es für eine billige Polemik halten.«

»Das fürchte ich eben auch«, sagte M. M. P.

»Die Blätter beginnen zu brennen!« rief ich. »Sollen wir sie nicht rasch abschreiben?«

M. M. P. dachte einen Moment nach, dann sagte er: »Lassen wir es. Wenn es uns ohnedies niemand glaubt –«

Wir standen vor dem Kamin und schauten zu, wie die Blätter verbrannten und sich in Rauch und Asche auflösten.

M. M. P. nickte und verabschiedete sich dann. Er müsse jetzt heim, sagte er, und sich nach einer Nacht, in der er sowenig geschlafen habe, ein wenig niederlegen. Nach einer Woche konnte ich M. M. P. dazu bewegen, mit mir die Villa der Frau von Garofano aufzusuchen. M. M. P. fand den Platz wieder, aber es war ein unbebautes Grundstück. Ein alter Mann, den wir fragten, sagte, daß dort nie ein Haus gestanden habe.

Herbert Rosendorfer im dtv

Das Zwergenschloß
und sieben andere Erzählungen
dtv 10310

Vorstadt-Miniaturen

Hintergründig-groteske Alltagsszenen. dtv 10354

Briefe in die chinesische Vergangenheit

Ein chinesischer Mandarin aus dem 10. Jahrhundert gelangt mittels einer Zeitmaschine in das heutige München.
dtv 10541 / dtv großdruck 25044

Stephanie
und das vorige Leben

Eine fesselnde Geschichte auf dem schmalen Grat zwischen Traum und Wirklichkeit. dtv 10895

Königlich bayerisches Sportbrevier

Rosendorfer beschreibt alle bayerischen Sportarten wie Fensterln, Maibaumkraxeln, Fingerhakeln, Maßkrugstemmen ... dtv 10954

Die Frau seines Lebens
und andere Geschichten · dtv 10987

Ball bei Thod · Erzählungen

Der makabren Titelgeschichte folgen noch 37 weitere. dtv 11077

Vier Jahreszeiten im Yrwental
Vier Berichte

Vier Kinder erleben die Ereignisse zwischen Untergang des Hitlerreiches und Aufstieg der Demokratie mit, an die sie sich vierzig Jahre später erinnern.
dtv 11145

Foto: Isolde Ohlbaum

Eichkatzelried
Geschichten aus Kindheit und Jugend · dtv 11247

Das Messingherz
oder Die kurzen Beine der Wahrheit

Albin Kessel, Autor durchschnittlich-populärer Bücher wie »Die Friesen«, »Die Diabetiker« usw. wird eines Tages vom Bundesnachrichtendienst angeworben ... Ein hintersinniger, heimtückischer Behördenroman. dtv 11292

Bayreuth für Anfänger

Ein liebenswert-frecher Führer durch die Festspielstadt. dtv 11386

Der Ruinenbaumeister

»Wer in einen Zug steigt, in dem sechshundert Nonnen eine Wallfahrt nach Lourdes antreten, ist froh, ein Abteil für sich allein zu finden.« ... auch wenn er darin plötzlich lauter groteske, komische, märchenhafte, erotische und turbulent-dramatische Abenteuer erlebt. dtv 11391